書下ろし

風雷

闇の用心棒⑬

鳥羽 亮

祥伝社文庫

目次

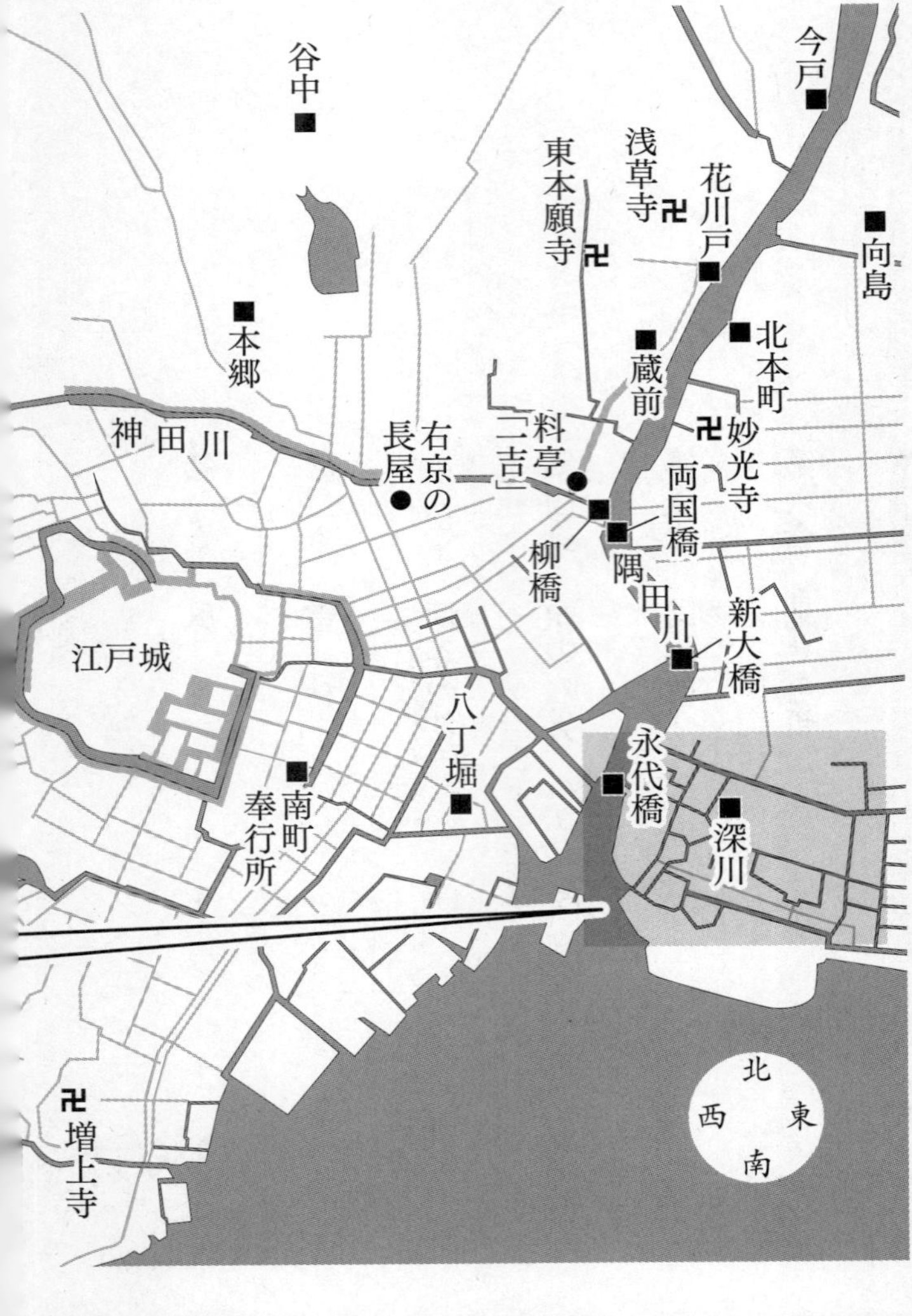

谷中
今戸
浅草寺
東本願寺
花川戸
向島
本郷
蔵前
北本町
神田川
右京の長屋
料亭「三吉」
妙光寺
両国橋
柳橋
隅田川
江戸城
新大橋
八丁堀
永代橋
南町奉行所
深川
北
西
東
南
増上寺

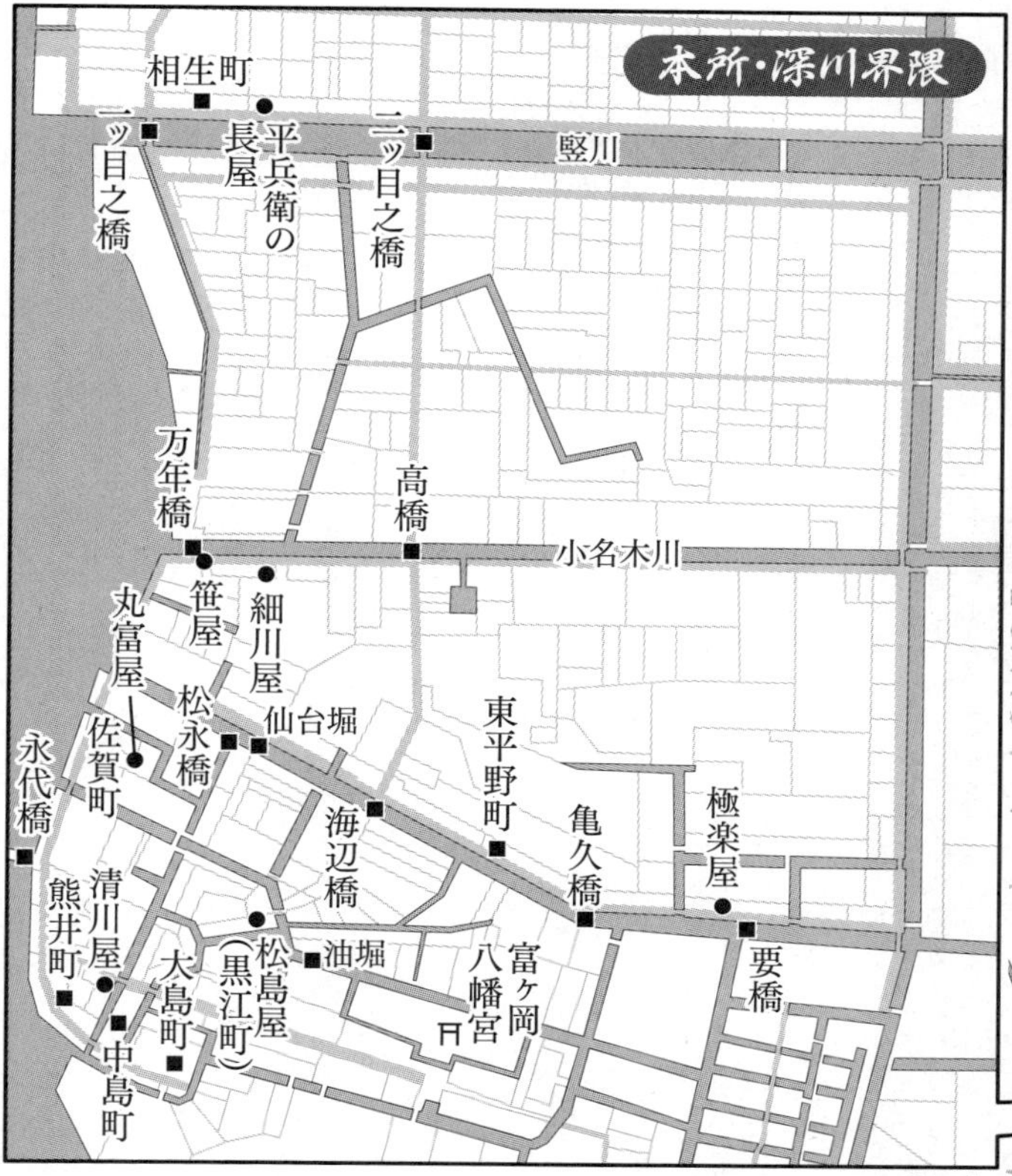
本所・深川界隈
相生町
平兵衛の長屋
一ッ目之橋
二ッ目之橋
竪川
万年橋
高橋
小名木川
笹屋
細川屋
丸富屋
松永橋
仙台堀
佐賀町
永代橋
東平野町
海辺橋
亀久橋
極楽屋
要橋
清川屋
熊井町
松島屋（黒江町）
油堀
大島町
中島町
富ヶ岡八幡宮

「風雷」の舞台

第一章　風神

1

深川《ふかがわ》、東平野町《ひがしひらのちょう》。吉崎桑兵衛《よしざきそうべえ》は、仙台《せんだい》堀沿いの道を足早に歩いていた。

吉崎は三十代半《なか》ば、無精髭《ぶしょうひげ》と月代《さかやき》が伸び、羊羹《ようかん》色の袴《はかま》はよれよれである。着古した小袖の肩には、継ぎ当てもあった。うらぶれた貧乏牢人《ろうにん》そのものである。腰には、粗末な黒鞘の大刀を一本差していたが、ちかごろ抜いたこともなかった。

暮れ六ツ（午後六時）を過ぎていた。西の空には茜《あかね》色の夕焼けが残っていたが、辺りは淡い夕闇に染まっている。道沿いの表店《おもてだな》は表戸をしめて、ひっそりとしていた。人影はすくなかった。ときおり、仕事を終えた木挽《こびき》や仕事帰りに一杯ひっかけたらしい船頭などが、通り過ぎていく。東平野町の東方には木場がひろがっており、川並、木挽、船頭などを目にすることが多かったのだ。

風があった。堀沿いに繁茂《はんも》した蘆荻《ろてき》が、サワサワと揺れている。

前方に仙台堀にかかる亀久橋《かめひさ》が見えてきた。薄闇のなかに、橋梁《きょうりょう》が黒く浮き上がったように見える。

……今夜は、久し振りで一杯やるか。

吉崎は胸の内でつぶやいた。

すこし歩くと、仙台堀にかかる要橋《かなめ》がある。その橋の近くに、極楽屋《ごくらくや》という一膳めし屋があった。吉崎は、極楽屋で一杯やってから夕めしにしようと思っていた。

吉崎は牢人だった。それも、貧しい牢人の家に生まれ、しかも三男だった。武士とはいえ、貧乏な町人と変わりない。吉崎は子供のころから食うために、蜆《しじみ》売りから日傭取《ひようと》りまでした。

大人になったいまも、暮らしぶりは変わらない。嫁ももらえず、貧しいその日暮らしである。

吉崎は人足として普請場で働いた帰りだった。懐《ふところ》の財布には、八十文ほどあった。前日の残りと今日の稼《かせ》ぎである。

吉崎は大柄で力もあった。そのため、普請場や荷揚げ場の人足などの力仕事では、ふつうの男の倍ちかい銭を稼ぐことができた。

亀久橋が前方に迫ってきた。辺りは静かで、風にそよぐ蘆荻と仙台堀の汀《みぎわ》に寄せる波音だけが絶え間なく聞こえていた。

……だれかいる。

吉崎は、堀際に植えられた柳の樹陰に人影があるのを目にとめた。

暗がりではっきりしないが、武士らしかった。袴姿で、刀を差している。

……辻斬りか。

吉崎は不安を覚えた。夕暮れ時に樹陰に身を隠して立っている武士となれば、辻斬りとみていいのではあるまいか。

ただ、こんな所に辻斬りが出るはずはない、との思いもあった。通りかかる者はすくなく、それも、吉崎と同じようにその日暮らしの者か、木場や材木問屋で働く木挽や川並などが多いのである。そうした男を斬っても、金にはならないし、腕試しにもならないだろう。

吉崎は、足をとめなかった。だれが見ても、吉崎は貧乏牢人そのものだったので、辻斬りも見逃すのではないかと思ったし、この道を通らないと極楽屋に行けないのだ。

そのとき、武士がゆっくりした足取りで樹陰から通りに出てきた。

吉崎は、ドキリとして足をとめた。

武士は吉崎の方へ近付いてくる。総髪で、大刀を一本落とし差しにしていた。焦茶の小袖に黒袴だった。牢人らしい。瘦身《そうしん》で撫で肩、腰が据《す》わっていた。牢人は両腕を脇に垂らしたままだった。刀を抜く気配がない。

「しばし……」

牢人が吉崎に声をかけた。抑揚《よくよう》のないくぐもった声である。

吉崎は安心した。牢人の身辺に殺気だった雰囲気がないので、辻斬りではないと思ったのである。

「何かな」

吉崎が訊《き》いた。

「そこもとに訊きたいことがあってな。この先に極楽屋と呼ばれる一膳めし屋があるのだが、知っているかな」

「これから、行くつもりだ」

吉崎が言った。

「そこもとは、極楽屋に住んでおられるのか」

牢人が一歩近付いた。

吉崎との間合は、四間ほどだった。牢人は、まだ両腕を脇に垂らしたままである。

「そうだが」

吉崎は怪訝《けげん》な顔をした。何でそんなことを訊くのかと思ったのである。

吉崎は極楽屋に住んでいた。極楽屋といっても、店の裏手が長屋のようになってい て、そこで暮らしていたのだ。吉崎の他にも、日傭取りや手間賃稼《てまちん》ぎの大工、人足、牢人などが住んでいた。

「ならば、ここを通すわけにはいかんな」

牢人はいきなり左手で刀の鍔元《つばもと》を握って鯉口《こいぐち》を切ると、右手を柄に添えて抜刀した。すばやい動きである。

「な、なに！」

吉崎の顔がひき攣《つ》った。

一瞬、その場に棒立ちになったが、慌てて後じさった。咄嗟《とっさ》に、刀に手を伸ばしたが、抜かなかった。いや、体が顫《ふる》えて抜けなかったのである。

牢人は八相《はっそう》に構えると、切っ先で天空を突くように刀身を垂直に立てた。大きな構えである。

スーッと、牢人が身を寄せてきた。足音をたてず、八相の構えのまま吉崎に近付いてくる。身構えがまったく揺れなかった。刀身が銀色《しろがねいろ》にひかり、夕闇のなかをすべるように迫ってくる。

「な、何者だ！」

吉崎が声を震わせて誰何《すいか》した。

牢人は何かつぶやいたが、吉崎の耳には、フウジン……、としか聞こえなかった。何の意味か分からなかった。

牢人と吉崎の間合が斬撃の間境《まざかい》に迫った。吉崎を見つめた牢人の細い目が、獲物に迫る蛇《くちなわ》のようにうすくひかっている。

ヒッ、と喉《のど》のつまったような悲鳴を上げ、吉崎は慌てて逃げようとした。

刹那《せつな》、牢人の体が躍動した。

吉崎の目に、一瞬、黒い巨鳥が飛翔したように映じた。

次の瞬間、牢人の刀身がきらめき、吉崎は顔前でかすかな刃風を感じた。吉崎は身を引く間もなかった。頭部に強い衝撃を感じた瞬間、眉間《みけん》から何か熱いものが噴き出した。

吉崎の意識があったのは、そこまでである。

ドウ、と吉崎は倒れた。

地面に仰臥《ぎょうが》した吉崎の頭部から血が迸《ほとばし》り出ている。

牢人はゆっくりとした歩調で、吉崎のそばに近付くと、

「たあいもない……」

とつぶやき、刀に血振《ちぶ》り（刀身を振って、血を切る）をくれ、ゆっくりとした動作で納刀した。

牢人の面長《おもなが》の顔がかすかに紅潮していた。細い唇が、血を含んだような赤みを帯《お》びている。真剣勝負の気の昂《たかぶ》りが、残っているのだ。

牢人は懐手をすると、何事もなかったかのように仙台堀沿いの道を西にむかって歩きだした。仙台堀の水面を渡ってきた風が、牢人の額に垂れた前髪を揺らしている。

後に残された吉崎の死体は濃い夕闇につつまれ、血の濃臭だけが、凄絶《せいぜつ》な斬殺を物語っていた。

2

亀久橋のたもとから仙台堀沿いの道を東に向かうと、要橋がかかっていた。その橋の近くに、極楽屋がある。あるじの名は島蔵《しまぞう》。極楽屋という屋号は、島蔵が洒落《しやれ》でつけたのである。

そこは付近に民家のない寂《さび》しい地だった。裏手が乗光寺《じようこうじ》という古刹《こさつ》、右手は大名の抱え屋敷、そして正面と左手が掘割である。

極楽屋に来るには、正面の掘割にかかる小橋を渡るか、裏手の寺の境内《けいだい》を抜けてくるしかなかった。

いま、その小橋を足早に渡ってくる男がいた。寅吉《とらきち》という日傭取りである。寅吉は極楽屋の裏手に住んでいた。

五ツ（午前八時）ごろだった。極楽屋は、朝日に照らされていた。初夏らしい強い陽射しである。

その店先に、縄暖簾《なわのれん》が出ていた。店の裏手に住んでいる男たちが、朝めしを食ってから仕事に出るため、店をひらくのが早いのだ。

寅吉は縄暖簾を手で撥《は》ね除《の》けて、店に飛び込んだ。

店のなかは薄暗かった。莨《たばこ》の煙と煮物の匂いがたちこめている。土間に置かれた四つの飯台のまわりに、数人の男たちがいた。朝めしを食っている。諸肌脱《もろはだぬ》ぎで、赤銅色の体をあらわにした男、肩口から入墨《いれずみ》を覗《のぞ》かせている男、隻腕《せきわん》の男……。いずれも町人だが、一癖《ひとくせ》も二癖もありそうな連中である。極楽屋に住む男たちは、地まわり、無宿者、兇状《きようじよう》持ちなどが多く、まっとうな職人や店者《たなもの》はいなかった。

「て、てえへんだ！」

店に入るなり、寅吉が声を上げた。

「どうしたい、寅」

諸肌脱ぎの男が訊いた。

この男の名は、留造《とめぞう》。普請場や川岸の石垣積みなどの人足に出て、銭を稼いでいる男だった。

「殺《や》られた、吉崎の旦那が！」

寅吉が上ずった声で言った。

吉崎は極楽屋の住人だったが、一応武士だったので、仲間内から吉崎の旦那と呼ばれていたのである。

「殺られただと！」

留造の脇でめしを食っていた男が、箸《はし》を手にしたまま寅吉の方に体をひねった。

この男は松次郎《まつじろう》だった。地まわりだった男で、肩先にひょっとこの入墨をしている。そのひょっとこが、体をひねった拍子《ひょうし》に奇妙にまがり、さらに滑稽《こっけい》な顔になった。

「お、親分は！」

寅吉が訊いた。親分とは、極楽屋のあるじの島蔵のことだった。極楽屋に住む男たちは、島蔵のことを親分とか親爺《おやじ》さんと呼んでいた。

「板場にいるぜ」

そう言うと、留造が立ち上がって板場に走り込んだ。

すぐに、板場から留造と、でっぷり太った男が出てきた。島蔵である。赤ら顔で、牛のようにぎょろりとした大きな目をしていた。

「寅、吉崎の旦那が、殺られたのか」

島蔵が大きな目を瞠《みひら》いて訊いた。

「へい、亀久橋の近くで、死んでいやす」

「それで、昨夜、帰ってこなかったんだな。……ともかく、行ってみよう」

島蔵は、その場にいる男たちに、いっしょに来い、と言って、寅吉につづいて戸口から出た。店のなかにいた男たちも腰掛けていた空き樽《あきだる》から立ち上がり、島蔵につづいて店から飛び出した。

島蔵たちは仙台堀沿いの道に出ると、西にむかった。東平野町に入ってしばらく歩くと、前方に亀久橋が見えてきた。

「親分、あそこだ」

寅吉が前方を指差した。

橋のたもとに人だかりができていた。印半纏《しるしばんてん》姿の船頭、木挽、川並、それに職人ふうの男の姿もあった。集まっているのは、通りすがりの野次馬らしい。

「親分、八丁堀《はっちょうぼり》が来てやすぜ」

松次郎がうわずった声を上げた。

なるほど、人だかりのなかに町奉行所の同心の姿があった。事件の探索にあたる定廻《じょうまわ》り同心であろう。町奉行所の同心は小袖を着流し、黒羽織の裾を帯に挟む巻き羽織と呼ばれる恰好《かっこう》で来ているので、遠目にもそれと知れるのだ。

「嘉吉《かきち》の兄いもいやす」

留造が言った。

嘉吉も極楽屋に住む男だが、一年ほど前から板場に入り、島蔵を手伝うようになった。島蔵の右腕のような男で、若い連中の兄貴格である。

島蔵たちが人だかりに近付くと、極楽屋の親爺だ、という声がし、人垣が割れて道をあけた。島蔵のことを知っている男も多いようだ。

人垣のなかほどに八丁堀同心がいた。北町奉行所、定廻り同心の山名仙之助《やまなせんのすけ》である。山名の脇に岡っ引きの権八《ごんぱち》がいた。ちかごろ、深川を縄張《しま》にしている男だった。

四十がらみ、小太りで赤ら顔である。

死体は山名の足元に横たわっていた。どうやら、山名は検屍《けんし》をしていたらしい。

島蔵が近付くと、権八が何やら山名に耳打ちした。

すると、山名は島蔵に目をむけ、

「おめえが、極楽屋の島蔵かい」

と言って、口元に薄笑いを浮かべた。権八が島蔵のことを山名に話したらしい。

山名は三十がらみだった。肌が浅黒く、面長である。眉《まゆ》が細く、唇が薄かった。底びかりのする目をしている。

「へい、島蔵でごぜえやす」

島蔵は首をすくめるように頭を下げた。

「殺された男は、極楽屋に住んでたそうだな。……極楽屋というより、地獄屋といった方が通りはいいな」

山名が薄笑いを浮かべたまま言った。

極楽屋のことを地獄屋とか地獄宿と呼ぶ者がいた。

島蔵は一膳めし屋だけでなく、口入れ屋もいとなんでいた。口入れ屋は、下男下女、中間などの奉公人を斡旋《あっせん》するのが仕事だが、島蔵は危険な普請場の人足、用心棒、借金取りなど危ない仕事だけを斡旋していた。

そうした危ない仕事は、身元のはっきりした者には敬遠され、塒《ねぐら》のはっきりしない無宿人、家出人、入墨者、身を隠して生きている兇状持ちなどが、あたることになる。島蔵は、そうした世間から身を隠して生きているような連中に仕事の世話をし、店の裏手にある長屋に住まわせていたのだ。

当然、極楽屋には一癖も二癖もあるような連中が集まり、朝から酒を飲んだり、小《こ》博打《ばくち》を打ったり、ときには喧嘩《けんか》になったりもする。自然と、店は悪党の溜まり場になり、まっとうな者は怖がって近付かないようになる。

そうしたことがあって、界隈《かいわい》に住む者は、極楽屋のことをひそかに地獄屋とか地獄宿と呼ぶようになったのだ。

「吉崎の旦那と聞きやしたが……」

島蔵が首をすくめて言った。

「食い詰め牢人か」

山名は口元に嘲笑《ちょうしょう》を浮かべてつぶやいた。

島蔵はむかっ腹がたったが、顔には出さず、

「死骸《ほとけ》を拝《おが》ませていただきやす」

そう言って、山名のそばに近付いた。ともかく、死骸の顔を見てみようと思ったのである。

……こ、これは！

思わず、島蔵は息を呑《の》んだ。

凄惨《せいさん》な死顔だった。吉崎は道端の叢《くさむら》に仰臥していた。頭から額にかけて縦に割れ、顔中が血でどす黒く染まっていた。血まみれの顔から、瞠《みひら》いた両眼が白く浮き上がったように見えている。

……こりゃァ、与助《よすけ》と同じだぜ。

島蔵は胸の内でつぶやいた。

半月ほど前、島蔵は同じような凄惨な死顔を見ていた。極楽屋に住む与助という男が、やはり仙台堀沿いの冬木《ふゆき》町で何者かに殺されたのだ。その死顔も、頭から顔にかけて縦に斬り裂かれていた。ただ、与助の場合はやや斜《はす》に斬られ、頭から左頬にかけて深い傷があった。おそらく、与助は斬られる瞬間、顔を横にかたむけたために、そうした傷になったのだろう。

与助が斬られていた冬木町は東平野町の対岸にひろがっており、亀久橋を渡ればすぐである。

……同じ下手人だな。

と、島蔵は思った。

そのとき、死体のそばに屈《かが》んで検屍をしていた山名が、

「下手人は辻斬りだな。……権八、近くで聞き込んでみな」

と、間延びした声で言った。

「へい」

権八は口元に薄笑いを浮かべると、近くにいた下っ引きらしい若い男に、平吉《へいきち》、いくか、と声をかけ、肩を左右に振りながらその場を離れた。

権八も平吉も、やる気のない顔をしていた。山名に言われて、仕方無く聞き込みにまわるようだ。

山名もそうだった。立ち上がって死体から離れると、うんざりした顔をして生欠伸《なまあくび》を噛《か》み殺している。

……こいつら、端《はな》から下手人をお縄にする気はねえんだ。

と、島蔵はみてとった。

町方は、殺された吉崎が極楽屋の住人と知り、まともに事件の探索をする気などないのである。

「八丁堀の旦那、死骸を引き取ってもいいですかい」

島蔵は腰を屈め、揉《も》み手をしながら山名に訊いた。腹立たしかったが、ここで町方同心の機嫌をそこねるわけにはいかなかったのである。

「かまわねえよ。死骸を道端に転がしておいちゃァ、通りの邪魔だ。早《はえ》えとこ片付けてくんな」

山名が他人事のように言った。物言いが伝法である。定廻り同心は、巡視のおりに遊び人やならず者と接する機会が多く、どうしても言葉遣いが乱暴になるのだ。

島蔵は山名に頭を下げて引き下がると、そばにいた嘉吉や寅吉たちに極楽屋にもどって戸板と筵《むしろ》を運んでくるよう指示した。死体を戸板に載せて店まで運び、裏手の草藪《くさやぶ》のなかに葬《ほうむ》ってやろうと思ったのである。

3

「まゆみ、義父上《ちちうえ》に何か伝えることはないか」

片桐右京《かたぎりうきよう》は土間に立ち、刀を腰に差しながら訊いた。

まゆみは右京の妻である。今日、右京はまゆみの父親の安田平兵衛《やすだへいべえ》とふたりで、日《に》本橋《ほんばし》にある刀屋の永山堂《えいさんどう》に行くことになっていた。

右京は御家人の冷や飯食いだったが、まゆみと所帯を持ち、神田岩本町《かんだいわもと》の長兵衛《ちようべえ》店《だな》に住んでいた。暮らしは、右京の実家からの合力と剣術の出稽古《でげいこ》に旗本屋敷に出向き、その謝金でたてていることになっていた。右京は、鏡新明智流《きようしんめいち》の遣い手だったのである。

まゆみの父親の平兵衛は牢人だったが、刀の研《と》ぎ師をして口を糊《のり》していた。右京が刀の研ぎを頼みに平兵衛の許《もと》を訪れ、まゆみと心を通じ合うようになっていっしょになったのである。

永山堂に行くというのは、右京の口実だった。久し振りで、極楽屋を覗いてみようと思ったのである。それというのも、右京は実家からの合力や剣術の出稽古の謝金では食っていけず、ひそかに、島蔵から特別な仕事をまわしてもらっていたのである。

「父上も、たまには出かけてくるように言ってください」

まゆみが、甘えたような声で言った。

右京とまゆみが所帯をもって三年ほど経《た》つが、子供ができないせいもあって、新妻のような気分が抜けなかった。まゆみは鉄漿《かね》をつけ、うすく紅を引いていた。赤い片襷《かただすき》をかけ、前だれをしている。まゆみの身装《みなり》や動作にも、新妻らしい初々《ういうい》しさがまだ残っている。

「分かった。義父上に伝えよう」

「右京さま、暗くなる前に帰ってくださいね。夕餉《ゆうげ》に、好物の根深汁《ねぶかじる》を作っておきますから」

根深汁は、右京の好物だった。

「それはありがたい。陽が沈む前に帰ってこよう」

そう言い置いて、右京は戸口から出た。

五ツ半（午前九時）ごろだった。路地は、初夏の陽射しに照らされていた。岩本町の町筋を抜けて柳原《やなぎわら》通りに出ると、大勢の通行人が行き交《か》っていた。並んだ古着屋に客がたかっている。柳原通りは神田《かんだ》川沿いにつづく道で、古着を売る床店《とこみせ》が多いことでも知られていた。

右京は柳原通りから、両国橋《りょうごく》の西の橋詰に出た。その広小路《ひろこうじ》は江戸でも有数の盛り場で、様々な身分の老若男女でごった返していた。

右京は両国広小路を抜けて両国橋を渡り、東の橋詰を経て竪《たて》川沿いの通りに出た。

そこまで来ると、急に人影がまばらになった。

右京は竪川にかかる一ツ目《ひとめ》橋を渡った。渡った先が深川である。右京が橋を渡り終えたとき、後ろからふたりの男が駆けてきた。ふたりとも縞柄《しまがら》の単衣《ひとえ》を裾高に尻《しり》っ端《ぱ》折《しょ》りし、股引《ももひき》に草履《ぞうり》履《ば》きだった。

ふたりは右京の脇を走り抜けながら、

「相生《あいおい》町の、殺られているのは、ふたりだぞ」

と、丸顔の男が言った。

「ひとりは、頭から顔を斬り裂かれているそうだな」

もうひとりの眉の濃い男が訊いた。

「ひでえ、面《つら》でさァ」

と、丸顔の男。

ふたりのやり取りを耳にした右京は、岡っ引きのようだ、と思った。ふたりは、人殺しの現場に駆け付けるところらしい。

ふたり殺され、そのうちのひとりは顔を斬り裂かれているらしい。おそらく、顔を刀で斬られたのだろう。

……道筋なら、見てみようか。

と、右京は思った。

人が殺されていることには関心がなかったが、顔を斬られていることに興味を持ったのだ。武士が刀で斬ったのだろうが、特異な刀法を遣ったにちがいない。

右京は、大川端《おおかわ》を川下にむかって歩いた。御舟蔵《おふなぐら》の脇を抜けると、大川にかかる新《しん》大橋《おおはし》が眼前に見えてきた。

風のない晴天だった。大川の川面は初夏の陽射しを反射て《はね》、砂金を撒《ま》いたように輝いていた。その眩《まばゆ》いひかりのなかを、猪牙舟《ちょきぶね》、屋根船、茶船などが行き交っていた。ひかりにつつまれた船影が、陽炎《かげろう》のように揺れている。

右京は小名木《おなぎ》川にかかる万年《まんねん》橋を渡った。前方に永代《えいたい》橋が見えてきた。大川の流れは永代橋の彼方《かなた》で江戸湊《みなと》の青い海原と一体となって、空と溶け合っている。青一色の海原に、白い帆を張った大型の廻船が、ゆったりと航行していく。

清住《きよずみ》町に入ったとき、川岸に人だかりができているのが目に入った。通りすがりの野次馬が多いようだが、武士の姿もあった。

……殺されているのは、あそこか。

右京は、擦れ違った岡っ引きらしい男が話していた殺しの現場ではないかと思った。

人垣に近付くと、人垣の後ろに平兵衛の姿が見えた。その脇に、嘉吉の姿もある。ふたりは、人が斬り殺されていると耳にして見に来たのかもしれない。

平兵衛は還暦《かんれき》を過ぎた老齢だった。刀を研ぐときに着用している紺《こん》の筒袖に軽衫《かるさん》。脇差を腰に帯《お》びていたが、すこし背筋のまがった姿はいかにも頼りなげな老爺《ろうや》である。

右京が人垣の後ろにいる平兵衛に近付き、

「安田さん」

と、声をかけた。

ふたりだけのときは、義父上と呼ぶが、他人のいる前では、安田さんと呼んでいたのである。

「おお、右京か」

平兵衛が振り返って言った。いつになく、顔がけわしかった。

「ふたり、殺されているそうですね」

「見てみろ」

平兵衛は、すこし脇に身を移し、右京を前に出させた。

岸際に男がひとり仰向《あおむ》けに倒れていた。頭部から顔にかけてどす黒い血に染まっている。

……これか！

右京は、死顔を見つめた。

何とも惨《むご》い死顔だった。頭部から左頬にかけて縦に斬り裂かれていた。左目も斬られ、潰れたようになっていた。顔中どす黒い血に染まり、ひらいた口から前歯が覗いている。何かに嚙み付こうとでもしているかのようだった。

死体は町人だった。小袖に角帯、黒羽織姿である。

「下手人は、真っ向から斬ったようですね」

右京が言った。

「腕の立つ男だな」

そう言って、平兵衛が顔をけわしくした。

平兵衛は刀傷を見て、相手の腕のほどを見る目をもっていた。平兵衛は金剛《こんごう》流という剣術の達者だった。金剛流は富田《とだ》流小太刀《こだち》の流れをくむ一派で、剣だけでなく、小太刀、槍、薙刀《なぎなた》まで指南する。

「辻斬りでしょうか」

「どうかな」

平兵衛は右京に身を寄せ、

「ここでは話せぬ、後ろへ出てくれ」

と、小声で言った。

4

平兵衛、右京、嘉吉の三人は、人垣から離れて川岸近くに移動した。

「嘉吉、おまえから話してくれ」

平兵衛が嘉吉に目をむけて言った。

「へい、あっしが同じように頭から顔にかけて斬られた死骸《おろく》を見るのは、これで三度目なんでさァ」

そう前置きして、嘉吉は極楽屋に住む与助と吉崎桑兵衛が別の日に、同じように斬られて死んでいたことを話した。

「なに、極楽屋の者がふたりも殺されたのか」

右京が驚いたような顔をして聞き返した。

「それも、下手人は同じとみていい」

平兵衛が言い添えた。

「それで、与助と吉崎を斬った下手人は知れたのか」

右京は、与助と吉崎を知っていた。親しく話したことはなかったが、極楽屋で何度か顔を合わせたことがあったのである。

「それが、まったく分からねえんでさァ。町方は辻斬りの仕業とみてやしたが、親爺さんは辻斬りじゃァねえと言ってやした。あっしも、辻斬りとは思えねえ。辻斬りが、与助や吉崎の旦那を手にかけるはずはねえんだ。……それに、ふたりとも懐に財布と巾着《きんちゃく》がありやしたぜ」

嘉吉が肩を落として言った。

「わしも、辻斬りや追剝《おいは》ぎの仕業《しわざ》ではないとみている」

平兵衛が言った。

「喧嘩や恨みとは、思えませんね」

ひとりならともかく、下手人は与助と吉崎を別々に斬り殺しているのだ。

「それに、吉崎たちだけなら、極楽屋の者を狙ったとも考えられるが、ここで殺されているふたりは極楽屋とは何のかかわりもないはずだ。……それで、まったく分からなくなってしまった」

そう言って、平兵衛は首をひねった。

「もうひとりの死体は」

右京が訊いた。

「あそこですぜ」

嘉吉が指差した。

さきほど死体を見た場所から、十間ほど離れた川岸にも人だかりができていた。もうひとりは、そこに倒れているらしい。

「むこうも、見てみよう」

平兵衛、右京、嘉吉の三人は、川岸近くの人だかりに近寄った。

「ちょいと、前をあけてくんな」

嘉吉が後ろから声をかけると、職人らしい二人連れが脇に身を寄せて道をあけてくれた。右京が武士だったので、遠慮《えんりよ》したのだろう。

見ると、岸際の叢の上に男が横臥《おうが》していた。こちら向きになっていたので、はっきり顔が見えた。男は瞠目《どうもく》し、苦痛に顔をゆがめていた。この男の顔には傷がなかった。三十がらみと思われる面長の男である。

男は肩から胸にかけて斬られていた。着物が裂け、どっぷりと血を吸っている。

「剛剣だな」

平兵衛が驚いたような顔をして言った。

「こちらの下手人も、並の遣い手ではないですよ」

右京は、傷口を見ながら言った。

男は肩から胸にかけて斬り下げられていた。ひらいた傷口から截断《せつだん》された鎖骨が覗いている。下手人は一太刀《ひとたち》で肋骨《ろっこつ》まで截断し、脇腹ちかくまで斬り下げていた。

「頭を斬った下手人とは、別人らしいな」

平兵衛が言った。

「それにしても、すごい斬り口ですね。刀でしょうか」

右京は首をひねった。刀では、これほど深く斬り下げるのはむずかしいとみたようだ。

「刀なら大業物《おおわざもの》か、それともよほど膂力《りょりょく》のある者か。いずれにしろ、尋常《じんじょう》な遣い手ではないな」

平兵衛も、通常の刀では傷が深すぎるとみたのかもしれない。

「薙刀ですかね」

「どうかな。あるいは、長刀を遣ったのかもしれんぞ」

平兵衛が顔をけわしくして言った。

「斬られたのは、商人《あきんど》のようですが……」

　右京はふたりの身装から店者《たなもの》とみたのだ。それほど上物の着物ではなかったので、大店の番頭と小店の旦那といったところであろう。

「そのようだ」

　平兵衛と右京がそんなやり取りをしていると、大勢の者が走り寄る足音が聞こえた。

　見ると、十数人の男が駆け寄ってくる。印半纏《しるしばんてん》姿の者が多かったが、黒羽織姿の者もいた。いずれも町人である。

　ふたりの死体のまわりに集まっていた野次馬たちの間から、「丸富屋《まるとみや》の奉公人だぞ」、「死骸を引き取りに来たのだ」、「殺されているのは番頭らしいぞ」などという声が聞こえてきた。

　野次馬や駆け付けた男たちの声から、殺されているのは、丸富屋の番頭の増蔵《ますぞう》と手代の元次郎《もとじろう》であることが知れた。

　丸富屋は、江戸でも名の知れた材木問屋の大店だった。店は深川佐賀《さが》町の油《あぶら》堀沿いにある。

　平兵衛は店の前を通ったことがあるだけで、店に入ったこともなかったし、あるじの名も知らなかった。

「右京、引き上げるか」

平兵衛が小声で言った。

「そうですね」

右京も、これ以上この場にいても死体を片付けるのを見ているだけだと思ったようだ。

「これからどうする」

平兵衛が右京に訊いた。

「極楽屋に行ってみますよ」

「わしは、相生町に帰ろう」

平兵衛の家は、本所《ほんじょ》相生町にある庄助店《しょうすけだな》だった。

5

平兵衛は長屋の仕事場にいた。刀の研ぎ場である。研ぎ場といっても、八畳の座敷の一角を板張りにし、屏風《びょうぶ》でかこっただけである。

三年前まで、平兵衛はまゆみとふたりで庄助店に住んでいたが、まゆみが右京の許に嫁《とつ》いでからは独《ひと》り暮らしをつづけていた。

平兵衛は研ぎ桶《おけ》を前にして腰を下ろしていた。手にしているのは、近所に住む御家人に研ぎを頼まれた刀である。刀身には赤錆《あかさび》が浮いていた。所々刃が欠けている。それに、名のない鈍刀《なまくら》だった。

御家人が、捨ててしまうのはもったいないので、暇なときに研いでくれ、と言って、置いていった刀である。

平兵衛は砥石《といし》に水を垂らし、左足で踏《ふ》まえ木《ぎ》を押さえて、刀を研ぎ始めた。踏まえ木は砥石を押さえるための木片である。

一研ぎごとに、赤錆が水を垂らした砥面にひろがっていく。

半刻（一時間）ほども研いだだろうか。平兵衛はすこし肩が凝《こ》ったので、研ぎかけの刀を脇に置いて背筋を伸ばした。そのとき、戸口に近寄る足音が聞こえた。

足音は戸口の腰高障子《こしだかしようじ》の向こうでとまった。戸口に人の立っている気配がし、コトッと音がした。

平兵衛はだれか来たようだと思い、腰を上げて研ぎ場をかこった屏風の上から戸口に目をやった。

戸口に、人影はなかった。いつの間にか、人のいる気配も消えている。かすかに、腰高障子の向こうに、人の去っていく足音が聞こえた。

……元締めからの知らせではあるまいか。

平兵衛は研ぎ場から出た。

元締めというのは、極楽屋の島蔵のことだった。

島蔵を元締めと呼ぶのは、口入れ屋のあるじをしていたからではない。島蔵には、もうひとつ裏の顔があったのだ。

口入れ屋の仕事の他に、「殺し」をひそかに請《う》け負《お》い、殺し人を斡旋していたのだ。

島蔵は、殺し人たちの元締めでもあったのだ。

平兵衛と右京は、殺し人だったのである。むろん、地獄屋に出入りする殺し人は、ふたりの他にもいた。

深川、本所、浅草《あさくさ》界隈の闇世界で、「この世に生かしておけねえ奴なら、殺しを地獄の閻魔《えんま》に頼め」とひそかにささやかれていた。

地獄とは地獄屋のことで、閻魔は島蔵のことである。島蔵の目のギョロリとした赤ら顔が、閻魔に似ていたのだ。

平兵衛は上がり框《かまち》のそばまで行き、土間に目をやった。

折り畳んだ紙片が落ちていた。腰高障子の破れ目から、なかに落としていったものらしい。

平兵衛は土間に下りて紙片を手にすると、ひらいてみた。

……十八夜、笹。

と、記してあった。島蔵からの殺しの依頼である。

十八は、四、五《じご》、九《く》を意味していた。つまり、地獄屋の島蔵をあらわす符丁である。笹は、笹屋《ささや》というそば屋のことだった。

短い言葉のなかに、今夜、殺しの依頼をしたいので笹屋に集まってくれ、との意味が含まれていたのだ。

笹屋は小名木川にかかる万年橋のたもとにあった。島蔵は、殺しの依頼のとき笹屋を使うことが多かった。笹屋のあるじは松吉《まつきち》という男で、島蔵の息がかかっていたのだ。むろん、松吉も殺しの依頼の場に自分の店が使われることを知っていた。

まだ、陽が沈むまでに間があったので、平兵衛はあらためて研ぎ場に腰を下ろして刀を研ぎ始めた。

それから一刻（二時間）ほどして、平兵衛は腰を上げた。そろそろ陽の沈むころである。

平兵衛は戸口から出ると、長屋の路地木戸に足をむけた。

木戸の前の井戸端に、長屋の女房が三人、立ち話をしていた。それぞれ手桶を持っていた。水汲《みずく》みにきて顔を合わせ、おしゃべりを始めたらしい。

「旦那、お出かけかい」

おしげが、平兵衛に声をかけた。

おしげは平兵衛の家の斜向《はすむ》かいに住んでいる寡婦《かふ》だった。ときどき、平兵衛の家に惣菜の煮染《にしめ》や漬物などをとどけてくれたり、炊《た》き過ぎたから食べておくれ、などと言って、炊きたてのめしを持ってきてくれたりした。

おしげはおまきという娘とふたりで暮らしていたのだが、おまきが下駄屋に嫁いでから独りで暮らすようになったのだ。おしげは独り暮らしで寂しいのだろう。それで、境遇のよく似た平兵衛の家に話しに来るようだ。

「ああ、仕事の話でな」

平兵衛は何気なく言った。

女房たちは、研ぎの話だと思うだろう。平兵衛が、凄腕の殺し人などとは夢にも思わないはずだ。

「暗くなる前に、お帰りよ」

おしげが言うと、脇にいたおたえという四十がらみの女房が、

「転ばないようにね。……もう、歳だからさ」

そう言って、クスッと笑った。

三人の女房は、まだ何か言いたそうな顔をしていたが、平兵衛は足をとめず、路地木戸から路地に出た。

路地は人通りが多かった。仕事を終えて家に帰る出職の職人、大工、ぼてふりなどが行き交い、夕餉の惣菜でも買いにきたらしい長屋の女房や遊びから帰る子供たちの姿も目についた。

平兵衛は、竪川にかかる一ツ目橋を渡って大川端の通りに出た。陽は大川の対岸にひろがっている日本橋の家並の向こうに沈みかけていた。大川の川面はにぶい茜色に染まり、無数の波の起伏を刻みながら、新大橋の彼方まで滔々《とうとう》と流れている。

大川の流れの音と、川風が岸際に植えられた柳の枝を揺らす音が絶え間なく聞こえてきた。

平兵衛は、大川端の道をゆっくりと歩いた。背を丸めて歩く姿は、いかにも頼りなげな老爺である。その姿を見れば、凄腕の殺し人と思う者はいないだろう。

6

平兵衛は大川端の道をしばらく歩いて、万年橋のたもとに出た。笹屋は橋を渡った先にある。

平兵衛が笹屋の暖簾をくぐると、女中のお峰《みね》がすぐに近寄ってきて、

「安田さま、みなさん、お待ちですよ」

と、声をかけた。

お峰は、平兵衛と顔見知りだった。平兵衛は何度も笹屋に来ていたからである。ただ、お峰は平兵衛たち地獄屋の者が殺しの相談をしているなどとは思ってもみなかった。島蔵や平兵衛たちは俳句好きで、句会の打ち合わせのために笹屋に集まることになっていたからだ。

「勝手に上がらせてもらうよ」

平兵衛たちは、いつも二階の座敷に集まっていた。すでに、島蔵たちは二階に来ているようだ。

二階の座敷の障子をあけると、六人の男が顔をそろえていた。

元締めの島蔵。殺し人の右京、朴念《ぼくねん》、深谷《ふかや》の甚六《じんろく》、それに屋根葺《ふ》き職人の孫八《まごはち》である。ただ、孫八だけは、殺し人と手引き人をかねていた。

手引き人として来ていたのは、嘉吉だけだった。手引き人は数人いたが、島蔵が兄貴格の嘉吉を連れてきたのだろう。

地獄屋のなかで殺しの仕事にかかわる者は、元締めの島蔵の他に殺し人と手引き人がいた。殺し人は殺しの実行役で、手引き人は殺しの手引きをする。手引き人は、殺し人の狙う相手の素姓を探ったり、殺しの場に相手を誘い出したりするのだ。

「安田の旦那、さァ、座ってくれ」

島蔵が目を細めて、自分の脇の座布団に手をむけた。

「待たせたかい」

平兵衛は島蔵の脇に腰を下ろした。

「いや、おれも、いま来たところだ」

そんなやり取りをしているところに、松吉とお峰が酒肴《しゅこう》の膳を運んできた。島蔵から、顔がそろったら運んでくれ、と話してあったのだろう。

平兵衛たちは酒を注ぎ合って喉をしめした後、

「大川端で、丸富屋の番頭と手代が殺されたのを知ってるかい」

島蔵がギョロリとした大きな目で、男たちを見ながら言った。殺し屋の元締めらしい凄みのある顔である。

「知っている」

平兵衛が言うと、他の男たちもうなずいた。

「丸富屋から、殺しの話があったのか」

朴念が坊主頭に手を置いて訊いた。何がおかしいのか、ニタニタ笑っている。

朴念は頭を丸めていた。黄八丈の小袖に角帯、黒羽織を羽織っている。町医者のような恰好だった。ただ、町医者ではなかった。ときには、法衣をまとって雲水《うんすい》に化《ば》けたりもする。

朴念は巨漢のうえに強力の主だった。全身が鋼《はがね》のような筋肉におおわれている。まるで、巨熊のような体付きである。

朴念は手甲鈎《てっこうかぎ》と呼ばれる特殊な武器を遣った。手甲鈎は手に嵌《は》めて握ると、鉄の輪が拳を覆《おお》い、長い四本の鈎が巨獣の爪のように伸びる。その爪で、相手の肌を引き裂いたり、鉄の輪で殴り殺したりするのだ。

朴念は巨獣のような体付きだったが、女子供に怖がられるようなことはなかった。なんともひょうきんな顔の主だったのだ。丸めた頭は茹蛸《ゆでだこ》のようで、糸のように細い目をしていた。小鼻の張った大きな鼻をし、いつもニタニタ笑っている。

「殺しを頼まれたわけじゃァねえ」

島蔵が低い声で言った。

「元締め、何を頼まれたんだい」

深谷の甚六が訊いた。

甚六は渡世人だった男である。中山道《なかせんどう》の深谷宿近くで生まれ育ったことから、深谷の甚六と呼ばれていたのだ。

「殺しでなく、番頭と手代を殺した下手人をつきとめてくれというのだ」

「下手人をつきとめろだと。元締め、そいつは、町方の仕事だぜ」

朴念が口先を尖《とが》らせて言った。

「分かっている。この話を持ってきたのは、肝煎屋《きもいりや》なのだ」

肝煎屋吉左衛門《きちざえもん》は、柳橋《やなぎばし》にある料理屋、一吉《いちよし》のあるじだった。

吉左衛門には料理屋のあるじのほかに、もうひとつの顔があった。肝煎屋である。肝煎屋というのは、闇の世界でつなぎ屋とも呼ばれ、殺し人の元締めに殺しの依頼をつなぐ役である。

殺しを依頼したい者がいても、直接元締めの島蔵に話をもってくることはない。島蔵も依頼人と会うのを嫌っていた。そんなことをすれば、すぐに殺しの元締めであることが町方に知れるからだ。

殺しを頼みたい者は、それとなく吉左衛門のような肝煎屋に頼むのだ。むろん、殺しの依頼を口にせず、それとなく匂わせればいい。後は、吉左衛門の方でひそかに接触し、具体的に殺しの話をまとめて、島蔵のような元締めにつなぐのである。

当然、肝煎屋にも相応のつなぎ料が入る。吉左衛門が料理屋のあるじに納まっているのも、肝煎屋の顔を隠すためであった。

「それで、肝煎屋の話は？」

平兵衛が話の先をうながした。

「丸富屋のあるじの源兵衛《げんべえ》の話だと、一月ほど前、丸富屋はふたりの徒牢人《いたずらろうにん》に脅《おど》されたそうだ」

そう前置きして、島蔵が話しだした。

ふたりの牢人が丸富屋の前を通りかかったとき、店の脇に積んであった材木が倒れて、ひとりの牢人の肩先に当たったという。もっとも、当たったところを見ていた者がいないので、事実かどうかは分からないそうだ。

ふたりの牢人は烈火のごとく怒り、治療代として十両出さねば、あるじと番頭をこの場で斬ると凄んだという。

「あるじの源兵衛は、すぐに、ふたりがありもしないことで言いがかりをつけて、金を脅し取る魂胆《こんたん》だと見抜いたそうだ。それで、二両つつんでふたりに渡し、引き取ってもらおうとしたらしい。……ふたりの牢人は、また来ると言い残し、その日は二両を手にして帰ったそうだ。ところが、五日ほどして、ふたりがまた店にきた」

島蔵がさらに話をつづけた。

ふたりの牢人は、五日も待ったのだから、二十両出せ、と金額をつり上げたという。源兵衛は、ふたりの牢人の言うとおり金を渡せば、味をしめて、さらに大金を要求してくるのではないかと思い、すこし乱暴なやり方だったが、店で使っている船頭、川並、木挽など、腕っ節の強い男を十人ほど集め、ふたりの牢人を追い返したという。

「そこまでは、よかったのだ。ところが、知ってのとおり、六日前に丸富屋の番頭と手代が殺された。……番頭は掛け金を集めた帰りで、持っていた金のなかから二十両だけ奪われていたらしいのだ」

右京と平兵衛が、ふたりの死体を見たのは五日前である。

「なに、二十両だけ奪われたと」

朴念が身を乗り出して訊いた。

「そうらしい。番頭の懐には財布があり、二両ほど残されていたそうだよ。下手人が、わざわざ二十両だけ奪ったのは、まちがいないようだ」

「すると、下手人は丸富屋を脅したふたりの牢人ですか」

右京が訊いた。

「決め付けるわけにはいかないが、まァ、そうだろうな」

「ふたりの牢人の名は、分かってるんですか」

「いや、名は分からないそうだ。ふたりとも、店に来たとき、名乗らなかったようだからな」

「その先を話してくれ」

平兵衛が口をはさんだ。

「おお、そうだ。……三日前のことらしい。丸富屋に投げ文があり、余分な手間を取ったので、次は四十両いただきたいと認《したた》めてあったそうだよ」

「なに、四十両！」

朴念が驚いたように声を上げた。

「源兵衛は、まだふたりの牢人の脅しがつづいていると知って震え上がった。断れば、次は自分が殺されて、四十両奪われるのではないか。要求どおり四十両渡せば、次は八十両に跳ね上がるのではないか。そう思って、怖くなったようだ。……そこで、噂を耳にしたことのある一吉を訪ねたわけだ」

「源兵衛は、町方に話さなかったのか」

平兵衛が訊いた。

「それとなく話したらしい。ところが、岡っ引きも八丁堀も、ふたりを殺したのは辻斬りだと決めつけて、店にあらわれた牢人のことを捜そうともしなかったそうだ」

島蔵がそこまで話したとき、脇で話を聞いていた嘉吉が、

「その八丁堀は、北町奉行所《きたまちぶぎょうしょ》の山名さまでさァ」

と、言い添えた。

「あの男か」

平兵衛は山名の噂を聞いていた。面倒な事件の探索はやりたがらず、袖《そで》の下で動くことが多いという。

「まァ、そういうことで、肝煎屋から話があったんですがね。みんなをここに集めたのは、もうひとつわけがあるんで」

島蔵が大きな目をひからせて言った。

平兵衛をはじめ、その場に集まった男たちの視線が島蔵に集まった。

「もう耳に入っていると思うが、極楽屋の与助と吉崎の旦那が、殺されたのだ。……おれの睨《にら》んだところ、下手人は丸富屋の番頭と手代を殺ったやつらしいんだ」

「わしも、そんな気がする」

平兵衛は、嘉吉から与助と吉崎が頭から顔にかけて斬られていたと聞いたときからそんな気がしていた。

「となると、丸富屋のふたりを殺ったやつらは、極楽屋に出入りしている者たちも狙っているとみた方がいい」

島蔵がけわしい顔をして言った。

「元締め、どうして極楽屋の者を狙うんだい」

朴念が訊いた。

「それが、皆目見当もつかねえ」

島蔵が膝先に視線を落とした。

次に口をひらく者がなく、座が重苦しい空気につつまれた。

すると、平兵衛が島蔵に目をやり、

「元締めの肚《はら》は？」

と、訊いた。

「おれも、与助と吉崎の旦那を殺った下手人の始末を頼みてえんだ。殺られたふたりのためもあるが、極楽屋にいる連中を守るためにな」

島蔵が低いが重いひびきのある声で言った。

「元締め、それはわしらにも言えることだぞ。……狙われているのは、極楽屋に出入りしている殺し人も同じだろう」

平兵衛が言うと、右京や朴念たちもうなずいた。

「それじゃァ、今度の仕事を引き受けてもらえますかい」

島蔵が男たちに視線をまわして訊いた。

「請けよう」

めずらしく、平兵衛が真っ先に言った。殺しの仕事を請けるとき、平兵衛はことのほか慎重で、相手が知れるまでは殺しを請けないことが多かった。

だが、このとき平兵衛は、

……自分たち殺し人も、狙われている。

と感じとり、やるしかないと思ったのである。

「安田の旦那が請けたのなら、おれたちが承知しねえわけにはいかねえ」

すぐに、朴念が言った。

右京、甚六、孫八も承知した。

「それじゃァ、殺し料を渡すぜ。肝煎屋から渡されたのは、二百両だ。それにおれが百両くわえて、ひとり頭、六十両ということになる。すくねえが、勘弁してくれ」

そう言って、島蔵は懐から風呂敷包みを取り出した。切り餅がつつんであるらしい。

平兵衛たち五人は、黙ってうなずいた。殺しの場合、すくなくとも百両は渡されるが、今度の場合、殺し人の数が多いし、自分たちに降り懸《か》かってきた火の粉を払うためでもあったので、文句を言う者はいなかった。

7

平兵衛は孫八と大川端を歩いていた。そこは、深川佐賀町である。

ふたりは、油堀沿いにある丸富屋へ行くつもりだった。それとなく、店を脅したふたりの牢人のことを探ってみようと思ったのである。

平兵衛たちが笹屋に集まって、島蔵から殺しの依頼を受けた翌日だった。平兵衛は孫八と組むことになり、ふたりで佐賀町まで足を運んできたのだ。

孫八は四十代半ば。屋根葺き職人だが、動きが敏捷《びんしよう》で匕首《あいくち》を巧《たく》みに遣った。殺し人であったが手引き人も兼ね、平兵衛と組んで仕事にかかることが多かった。深川入《いり》船町《ふねちよう》の甚右衛門《じんえもん》店に住み、極楽屋に出入りしている。

「旦那、そこの橋のたもとをまがった先でさァ」

孫八が前方を指差した。

半町ほど先に、油堀にかかる橋があった。その橋のたもとを左手におれ、堀沿いの道を行った先に丸富屋はあった。

油堀沿いの道は、人影がすくなかった。曇天《どんてん》で、風があった。掘割の水面に波が立ち、汀の石垣に打ち寄せてピチャピチャと水音をたてている。

「あれが、丸富屋ですぜ」

孫八が言った。

「なかなかの店だな」

二階建ての土蔵造りだった。脇には、材木をしまっておく倉庫が二棟あった。裏手には土蔵もある。

繁盛している店らしく、印半纏姿の船頭や大工らしい男などが頻繁《ひんぱん》に出入りしていた。

「店に入って、訊くわけにはいかないな」

一吉から話を聞いてきた、と言えば、あるじなり番頭なりが応対して、ふたりの牢人のことを話すだろう。ただ、それをすると、平兵衛たちが殺し人であることを気付かせ、ふたりの牢人の耳に入る恐れがあった。それに、殺し人としては依頼人に直接会って話を聞くことは、できるだけ避けねばならないのだ。

「旦那、あそこに船頭がいやすぜ」

孫八が、店の斜め前にある桟橋を指差した。

数艘《すうそう》の猪牙舟が舫《もや》ってあり、舟のなかに印半纏姿の船頭がふたりいた。丸富屋の船頭らしい。

「船頭に訊いてみるか」

平兵衛は、丸富屋の船頭ならふたりの牢人のことを知っているかもしれないと思った。

「あっしが、訊いてみやしょう」

孫八は、手引き人としてここは自分の出番だと思ったらしい。

「孫八に頼むか」

平兵衛も、孫八にまかせた方がいいと思った。ふたりで桟橋に下りていって話を聞いたら、船頭たちが不審に思うだろう。

「わしは、この先で訊いてみよう」

平兵衛は、丸富屋の数軒先に舂米屋《つきごめや》があるのを目にし、店の者にそれとなく訊いてみようと思った。

平兵衛と孫八は、桟橋の手前で分かれた。

孫八は桟橋につづく短い石段を下り、ふたりの船頭のいる舟に近寄った。ふたりは、船梁と船底に腰を下ろしていた。ひとりが、煙管《きせる》を手にして莨を吸っている。一仕事終えて、一服しているところかもしれない。

「丸富屋の船頭かい」

孫八が声をかけた。

「そうだが、おめえさんは」

煙管を手にしている丸顔の男が訊いた。四十がらみだろうか。陽に灼《や》けた浅黒い肌をしていた。

「相生町の者でな。丸富屋のことで、ちょいと、訊きてえことがあるのよ」

孫八が舟に近付いて言った。

「親分さんですかい」

丸顔の男が訊いた。

「まァ、そうだ」

孫八は否定しなかった。岡っ引きと思わせておいた方が話が聞きやすいのだ。それに、事件のことを探っていたとふたりの牢人や店の奉公人たちに知られてもかまわなかった。岡っ引きが、事件のことで聞き込みにきても何の不思議もないのだ。

「番頭と手代が殺されたことを知ってるな」

孫八は岡っ引きらしい物言いで訊いた。

「へい」

丸顔の男が答えると、もうひとりの船底に腰を下ろしていた男もこわばった顔をしてうなずいた。まだ若い、瘦《や》せた男だった。

「丸富屋が、牢人ふたりに脅されていたことも知ってるな」

店の奉公人なら、話を聞いているだろう。

「し、知っていやす」

若い男が声をつまらせて言った。

「ふたりの名を、聞いてるかい」

「い、いえ」

丸顔の男が首を横に振った。知らないらしい。

「塒も知るめえな」

「へい、あっしらは、それらしいふたりの牢人が店の前《めえ》に来ているのを見やしたが、ふたりとも初めて見る顔で、名も塒も知りやせん」

丸顔の男が言うと、若い男もうなずいた。

「すると、おめえたちは、ふたりの牢人を見たんだな」

孫八が念を押すように訊いた。

「へい、近くで見やした」

「それじゃァ、ふたりの面《つら》を覚えてるな」

孫八は、ふたりの人相と体付きだけでも聞いておこうと思った。

「覚えていやす」

ふたりの船頭が話したことによると、ひとりは巨漢で、赭黒《あかぐろ》い顔をしていたという。眼光がするどく、鬼のような風貌《ふうぼう》だった。もうひとりは中背で鼻が高く、薄い唇をしていたそうだ。

その後、孫八は船頭にふたりの牢人の年格好や扮装《いでたち》などを訊いてから桟橋を離れた。油堀沿いにもどって、通りの先に目をやると、ちょうど平兵衛が舂米屋から出てきたところだった。

「歩きながら話すか」

そう言って、平兵衛は大川の方へむかって歩き出し、

「それで何か知れたか」

と、孫八に訊いた。

「てえしたことは、分からねえんでさァ」

そう前置きして、孫八がふたりの船頭から聞いたことをひととおり話した。

平兵衛は、孫八が牢人のひとりは巨漢で鬼のような風貌だったと口にすると、

「その男、刀の他に武器《えもの》を持っていなかったか」

と、訊いた。平兵衛は、大川端で見た肩から胸にかけて深く斬り下げられた死体を思い出し、その巨漢の男が下手人のひとりではないかとみたのである。

「長い刀を一本だけ差していたと言ってやしたが……」

「そうか」

やはり、武器は長刀かもしれない、と平兵衛は思った。

「それで、旦那は何か知れやしたか」

　孫八が訊いた。

「店の親爺が、気になることを話していたよ」

「気になることって、なんです？」

　孫八が、平兵衛に顔をむけた。

「親爺は、番頭と手代が殺された日に、遊び人ふうの男が堀沿いの樹陰から丸富屋の方に目をやっているのを見掛けたそうだ。……親爺は、その男が番頭たちの後から歩いていくのも見たらしい」

「てえことは、そいつは丸富屋を見張っていて、番頭たちが店を出るのを見て、跡を尾《つ》けたってことですかい」

　孫八の声が大きくなった。

「そうなるな」

「遊び人ふうの男も、仲間か」

「どうやら、相手は牢人ふたりだけではないようだ」

　平兵衛が顔をけわしくして言った。

第二章　雷　神

1

「宇吉《うきち》、すこし飲みたりねえなァ」

弥蔵《やぞう》が指先で分厚い唇を撫でながら言った。

ふたりは、大川端を歩いていた。そこは今川町《いまがわ》で、前方に仙台堀にかかる上《かみ》ノ橋が見えていた。

宇吉と弥蔵は、佐賀町の普請場で働いた帰りだった。すこし酔っている。一日中もっこ担《かつ》ぎをした後、帰りがけに酒屋の店先で一杯ひっかけたのだ。

暮れ六ツ（午後六時）を過ぎたばかりで、辺りはまだ明るかった。西の空には茜色の夕焼けがひろがっている。大川端の通りは、ぽつぽつと人影があったが、道沿いの店は表戸をしめていた。逢魔《おうま》が時と呼ばれるころである。

「極楽屋に帰《けえ》ってから、飲みなおそうじゃァねえか」

宇吉が言った。

ふたりは、極楽屋の住人だった。宇吉は小柄で痩せていた。一方、弥蔵は巨漢だった。ふたりが並んで歩いていると親子のように見える。

「それがいい」

弥蔵が舌なめずりをした。弥蔵は酒好きだった。銭さえあれば、日中から飲んでいる。赤ら顔で、いつも酔っているような間延びした物言いをする。

ふたりは、上ノ橋を渡ってから右手におれ、仙台堀沿いの道を東にむかった。その道の先に、極楽屋はある。

弥蔵たちが大名の下屋敷の脇まで来たとき、半町ほど後ろを遊び人ふうの男と巨漢の武士が歩いていた。ふたりは弥蔵たちが大川端を歩いているときから、跡を尾けていたのだが、弥蔵たちは後ろを振り返って見なかった。跡を尾けられるなどとは思ってもみなかったのだ。

弥蔵たちは、大名の下屋敷の脇を通り、町家のつづく伊勢崎《いせざき》町に出た。しばらく歩くと、前方に仙台堀にかかる海辺《うみべ》橋が見えてきた。

夕闇がしだいに濃くなり、通り沿いの店屋は夕闇のなかに黒く沈んだように軒《のき》を連《つら》ねていた。家々の前に人影はなく、ときおり帰りがけに飲んだらしい職人や船頭ふうの男などが通りかかるだけである。

後ろから尾けてくるふたりの足が、しだいに速くなってきた。弥蔵たちとの間が狭まってくる。

弥蔵と宇吉は、なにやらおしゃべりをしながら歩いていた。まだ、背後のふたりに気付いていない。

弥蔵たちが海辺橋のたもとに差しかかったとき、遊び人ふうの男がいきなり走りだした。足が速く、すぐに弥蔵たちに近付いた。

宇吉が背後から近付いてくる足音に気付いて振り返った。すぐ後ろに、遊び人ふうの男が迫っていた。その背後にいる巨漢の武士には、気付かなかった。迫ってくる遊び人ふうの男に気を取られたのである。

「弥蔵、だれか来るぞ」

宇吉が声を上げた。

そのとき、遊び人ふうの男は急に道際に寄り、宇吉たちを避けるように左手にまわり込んだ。

宇吉と弥蔵は、足をとめて遊び人ふうの男に目をやったが、また歩きだした。宇吉たちは、遊び人ふうの男が何か急ぎの用があって追い越していったのだろう、と思ったのである。

宇吉たちを追い越した男は大きくまわり込んで反転し、宇吉たちの前に立った。荒い息を吐きながら、ふたりを見すえている。

「なんだ、てめえは！」

弥蔵が恫喝《どうかつ》するような声で言った。

弥蔵は気弱なところがあったが、巨漢でいかつい顔をしていたので、たいがいの男は弥蔵の風貌を見ただけで恐れをいだく。

「おめえたちふたりは、極楽屋の者かい」

遊び人ふうの男が訊いた。

二十代半ばであろうか。面長で、目付の鋭い剽悍《ひょうかん》そうな男だった。右手を懐につっ込んでいる。匕首を握っているのかもしれない。

「そうだよ。おれたちに何か用かい」

宇吉が男を睨みつけて訊いた。巨漢の弥蔵といっしょだったので、気が大きくなっていたのだ。それに、相手は町人ひとりである。

「おめえたちに用があるのは、おれじゃァねえ。後ろの旦那だよ」

男が口元に薄笑いを浮かべて言った。

「なに、後ろだと」

宇吉と弥蔵が、ほぼ同時に後ろを振り返った。

いつ近付いたのか、宇吉たちのすぐ後ろに、巨漢の武士が立っていた。赭黒い顔をした鬼のような男である。

ヒッ、と宇吉が、喉のつまったような悲鳴を上げた。武士が刀の柄を握り、抜く気配を見せたからである。

「おまえが、朴念だな」

言いざま、武士は抜刀して弥蔵に迫った。

長刀だった。刀身が二尺五、六寸はあろうか。通常大小の大刀は、二尺二、三寸を定寸としていたので、三、四寸は長いことになる。しかも、身幅のひろい剛刀だった。

武士は、その長刀を八相に構えた。両肘を高くとり、刀身をやや寝かせている。巨体とあいまって、大樹のような大きな構えだった。その長い刀身が、夕闇のなかで銀色にひかっている。

「ヒイイッ！」

宇吉が悲鳴を上げて反転した。

弥蔵も逃げようとしてきびすを返した。武士が朴念と口にしたのを聞いて、人違いかもしれないと頭のどこかで思ったが、恐怖に駆られて逃げるのが先だった。

「逃がすか！」

一声上げ、巨漢の武士が踏み込んできた。その体軀《たいく》に似合わず、動きが敏捷である。

次の瞬間、武士が鋭い気合を発して斬り込んだ。

稲妻《いなずま》のような閃光が袈裟《けさ》へ。剛刀が唸《うな》りを上げて、弥蔵を襲う。その巨漢と稲妻のような閃光があいまって、雷神を思わせるような迫力と凄みがあった。

ザクリ、と、武士のふるった刀が弥蔵の肩から背にかけて食い込んだ。凄まじい斬撃である。

弥蔵の上体がかしいだように見えたとき、ひらいた傷口から截断された鎖骨が白く覗いた。次の瞬間、肩口から血が奔騰《ほんとう》した。

弥蔵は獣の唸るような呻《うめ》き声を上げながら、よろめいた。肩から飛び散った血が、上半身を真っ赤に染めていく。

「た、助けて！」

宇吉が悲鳴を上げて駆けだした。

「やろう!」

遊び人ふうの男が、宇吉の前に立ちふさがり、手にした匕首を前に突き出すように構えた。

咄嗟に、宇吉は男の脇を走り抜けようとした。

すかさず、男が踏み込みざま匕首をふるった。俊敏な動きである。

宇吉の着物の肩口から左腕にかけて着物が裂け、あらわになった二の腕から血が迸《ほとばし》り出た。宇吉は狂乱したように悲鳴を上げて逃げた。

「待ちやがれ!」

男が、宇吉の後を追おうとしてきびすを返した。

「佐之吉《さのきち》、雑魚《ざこ》は逃がしてもいい」

巨漢の武士が声をかけると、男は足をとめた。遊び人ふうの男は、佐之吉という名らしい。

武士は地面に横たわっている弥蔵に目をやりながら、

「あっけないな。こいつは、朴念ではないかもしれんぞ」

そう言うと、手にした長刀に血振りをくれてから鞘に納めた。

「どうしやす、旦那」

佐之吉が訊いた。

「まァ、いい。いずれにしろ、こいつも極楽屋に住む男だ」

武士が、ゆっくりとした足取りで歩きだすと、佐之吉もつづいた。

路傍に俯《うつぶ》せに倒れた弥蔵は、まだ低い呻き声を洩《も》らしていたが、頭をもたげることはできなかった。

ふたりの姿が、夕闇のなかに遠ざかっていく。

2

ヒイ、ヒイ、と喘鳴《ぜんめい》とも悲鳴ともつかぬ声を上げ、宇吉は懸命に走った。左腕は血まみれだったが、それほど痛みは感じなかった。

仙台堀にかかる要橋の近くまで来ると、濃い夕闇のなかに極楽屋の灯《ひ》が見えた。暖かそうな明りが、闇のなかに点《とも》っている。宇吉は喘《あえ》ぎながら走った。息は上がり、足はもつれていた。

宇吉は掘割にかかる小橋を渡り、縄暖簾を分けて、店に飛び込んだ。飯台を前にして十人ほどの男たちが、めしを食ったり、酒を飲んだりしていた。いつもの、極楽屋の光景である。

「……て、てえへんだ！」

宇吉は、戸口近くの飯台のそばでへたり込んだ。疲労と胸の苦しさで、立っていられなかったのだ。

「どうした、宇吉！」

そばに駆け寄ったのは嘉吉だった。ちょうど、戸口近くにいたのである。

嘉吉につづいて数人の男が立ち上がり、宇吉のそばに集まってきた。男たちは宇吉の腕の傷を見て、すぐに何が起こったか察知したようだ。

「や、弥蔵が……」

宇吉が喘ぎ声を上げながら言った。

「弥蔵がどうした」

「斬られた！」

宇吉が、巨漢の武士と遊び人ふうの町人に襲われたことを荒い息を吐きながら言った。

「場所は、どこだ」

「う、海辺橋のそばだ」

そのとき、店の騒ぎを聞き付けて板場から出てきた島蔵が、宇吉の話を聞いて、

「みんなこい！　海辺橋まで、行くぞ」

と、声を上げた。

極楽屋のなかには、腕っ節の強い男が十人ほどいた。宇吉たちを襲った相手がふたりなら、腕の立つ武士がいても太刀打ちできる、と島蔵は踏んだのだ。

オオッ！　と、男たちが声を上げた。男たちは殺気だっていた。与助と吉崎が殺られ、今度は弥蔵と宇吉である。極楽屋に住む男たちにとっても、このままにしておけなかったのだ。

島蔵は嘉吉に、宇吉の腕を縛ってやれ、と言い置き、男たちといっしょに店を飛び出した。

店の外は暗かったが、東の空の十六夜《いざよい》の月が、掘割や小橋をぼんやりと照らしていた。提灯《ちょうちん》はなくとも歩けそうだ。

島蔵たちは、仙台堀沿いの通りに出た。辺りは夜陰と静寂《せいじゃく》につつまれ、仙台堀の汀に寄せるさざ波の音だけが足元から聞こえてくる。

前方に海辺橋が見えてきた。夜陰のなかに、その黒い橋梁がかすかに識別できた。通り沿いの町家は夜の帳《とばり》につつまれ、ひっそりと寝静まっている。

島蔵たちは海辺橋のたもとまで来たが辺りは夜陰にとざされ、弥蔵の姿は見当たらなかった。

「捜せ！」

島蔵が声を上げた。

男たちは、すぐに辺りに散った。

「親爺さん！　ここだ」

幸助《こうすけ》という日傭取りが、岸際でうわずった声を上げた。

島蔵をはじめ、男たちが駆け寄った。

巨体の男が、叢《くさむら》のなかに俯せに倒れていた。肩口から背にかけて斬られ、どす黒い血に染まっていた。弥蔵である。

弥蔵は上半身血まみれになって死んでいた。

「ひでえ傷だ」

島蔵が顔をしかめた。

弥蔵は肩から背にかけて、深く斬り下げられていた。背後から袈裟に斬られたようだ。大きくひらいた傷口から、截断された鎖骨が月明りに照らされ、青白く浮き上がったように見えた。肋骨まで截断されているようだ。

……元次郎を斬ったやつと同じかもしれねえ。

と、島蔵は思った。

島蔵は平兵衛から、丸富屋の手代の元次郎は、肩から胸にかけて斬られ、肩の骨が截断されていたと聞いていた。

おそらく、弥蔵は逃げようとしたところを袈裟に斬られたのだろう。

「ちくしょう！　だれが、やったんだ」

政次郎《まさじろう》という男が、怒りの声を上げた。

すると、倒れている弥蔵のまわりに集まった男たちから、次々に怨嗟《えんさ》と悲嘆の声が聞こえた。極楽屋に住む者たちは家を追われ、身寄りもなく、世間から見捨てられた者たちばかりだった。そのため、よけい仲間意識が強かったのだ。

「何を言っても弥蔵は、帰ってこねえんだ。……四人ほど店にもどって、戸板を持ってこい。弥蔵を極楽屋に運ぶんだ」

島蔵は、ともかく弥蔵の亡骸《なきがら》を極楽屋まで運んで埋葬《まいそう》してやろうと思った。

その夜、島蔵は弥蔵の亡骸とともに極楽屋にもどると、逃げ帰った宇吉から事情を聞いた。宇吉は、左の二の腕を斬られていたが、それほどの傷ではなかった。嘉吉が傷口を洗って晒《さらし》を巻いてやったので、命にかかわるようなことはないはずである。

「宇吉、襲われたときのことを話してみろ」

島蔵が言った。

「へい、仕事の帰《けえ》りに、弥蔵とふたりで海辺橋の近くまで来たんでさァ。……いきなり、後ろから男が走ってきて、おれたちの前に立ったんで」

そう前置きして、宇吉がふたりの男に襲われたときの様子を話し出した。

宇吉が、ひとりは図体のでけえ侍でした、と口にしたとき、

「そいつが、弥蔵を斬ったんだな」

と、島蔵が念を押すように訊いた。

「へい」

「ふたりの名は、聞いてねえのか」

「名は分からねえでさァ」

「おめえたちを襲ったふたりから、何か耳にしたことはねえのか」

島蔵が訊いた。ふたりのことを割り出す手掛かりが欲しかったのだ。

「図体のでけえ侍が、弥蔵に、おまえが朴念だなと訊いてやした」

「そいつが、朴念かどうか訊いたのだな」

「へい」

「どうやら、朴念とまちがえて弥蔵を襲ったようだ」

弥蔵は朴念のように頭を丸めていなかったが、体軀はそっくりだった。朴念と会ったことのない者なら、まちがえるかもしれない。

……やはり、殺し人も狙っているようだ。

と、島蔵は思った。

翌朝、島蔵は弥蔵を店の裏手に埋葬した後、嘉吉をはじめとする手引き人たちを平兵衛や右京の許に走らせて、弥蔵と宇吉が襲われたことを伝えさせた。ただ、朴念だけは極楽屋に来させて、命を狙っている者がいることを直接話した。

3

「旦那、まゆみさん、まだなの」

おしげが、平兵衛の顔を覗くように見て訊いた、手にした湯飲みから、湯気がたっている。

庄助店の平兵衛の家だった。平兵衛は上がり框の近くに膝を折って、おしげが淹《い》れてくれた茶を飲んでいた。

五ツ（午前八時）ごろである。平兵衛は遅い朝めしを食い終え、さて、仕事にとりかかろうかと思い、屛風でかこった研ぎ場に入ったとき、腰高障子があいておしげが顔を見せたのだ。

おしげは、急須と湯飲み、それに小鉢を盆に載せて入ってきた。家がすぐ近くなので、めずらしいことではなかった。めしを丼によそったまま持ってくることさえあった。

「旦那、茶にしないかい。たくあんを切ってきたからさ」

そう言って、おしげは上がり框に腰を下ろした。小鉢に、たくあんが入っているらしい。

「そうだな」

平兵衛は、すぐに仕事場から出た。別に急ぐ仕事ではなかったし、朝めしの後、湯を沸かすのが面倒だったので、茶を淹れなかった。それに、おしげが茶の入った急須と茶請けのたくあんまで持参で来ては、そのまま帰すわけにはいかなかったのだ。

平兵衛が茶を一口すすったとき、おしげがまゆみのことを訊いた。おしげは平兵衛との茶話に、まゆみと右京のことを口にすることが多かったのだ。

「何が、まだなのだ」

平兵衛が訊いた。

「赤ちゃんよ。まゆみさん、片桐さまといっしょになって、三年でしょう」

おしげは、まゆみが右京といっしょになる前から、平兵衛の許を訪ねてきて、右京と顔を合わせたこともあったのだ。

「そうだな。そろそろ生まれてもいいな」

平兵衛は、まゆみと右京が幸せに暮らしていればいいと思っていた。孫のことにまで、気はまわらなかったのだ。

「ふたりは、岩本町で暮らしているんでしょう」

おしげは、まゆみと右京が岩本町の長屋で暮らしていることも知っていた。

「そうだが」

「たまには、覗いてみたら」

「うむ……」

言われてみれば、ちかごろ、平兵衛は岩本町に出かけていなかった。まゆみに何かあれば右京が知らせるはずなので、知らせがないのはふたりが幸せに暮らしているからだろうと勝手に思っていたのだ。

そのとき、戸口に近寄る足音がした。足音は腰高障子の向こうでとまり、腰高障子に人影が映った。

「だれかな」

平兵衛が訊いた。おしげは、湯飲みを手にしたまま腰高障子の人影に目をむけている。

「孫八でさァ」

孫八は、すぐに腰高障子をあけなかった。平兵衛がだれかと話しているのを耳にしたのだろう。

「使いの者が、刀の研ぎの話で来たようだ」

咄嗟に、平兵衛は仕事のことで来たように言いつくろった。極楽屋の者だとは言えなかったのである。

「あたし、帰るよ」

おしげは、すぐに立ち上がった。急須も湯飲みも置いたままである。おしげが茶道具を置いていったのは、また来る、という意味であった。茶道具を取りに来たとき、話のつづきをするつもりなのだろう。

おしげが腰高障子をあけて出て行くと、それと入れ替わるように孫八が顔を見せた。

孫八は土間に入ると、後ろ手に障子をしめた。顔がすこし緊張している。何かあったらしい。

「どうした、孫八」

すぐに、平兵衛が訊いた。

「朴念さんが、やられやした」

「なに、朴念が！」

思わず、平兵衛の声が大きくなった。

「それで、朴念は死んだのか」

「怪我をしただけでさァ。極楽屋で唸ってやすぜ」

「そうか」

ともかく、よかった、と平兵衛は胸をなでおろした。命に別状はないようである。

「ただ、しばらく手甲鈎は遣えねえようですぜ。右腕を斬られたんでさァ」

「それで、相手はだれだ」

「弥蔵を殺ったやつらしいんで……。くわしいことは、朴念に訊いてくだせえ」

孫八によると、朴念の傷は腕だけなので話をするのに支障はないという。

「それで、孫八は朴念がやられたことを知らせに来たのか」

平兵衛は、朴念のことだけなら孫八ではなく、極楽屋に出入りしている者が知らせに来ると思ったのである。

「元締めに、陽が沈んだら笹屋に来るように知らせてくれ、と言われて来たんでさァ」

孫八によると、右京のところには嘉吉が知らせにむかったという。

「朴念のことだけでなく、他に何かあるのだな」

おそらく、殺しにかかわることだろう、と平兵衛は思った。それで、島蔵は孫八をよこしたにちがいない。

「へい」

孫八が答えた。

「承知した」

平兵衛は、笹屋に行くつもりだった。

「それに、旦那、元締めから、もうひとつ言われてきやした」

そう言うと、孫八が尻をずらして平兵衛に身を寄せた。

「なんだ?」

「人影のない通りを歩くときは、用心してくれと」

孫八が声をひそめて言った。

4

笹屋の二階には、七人の男が集まっていた。島蔵、平兵衛、右京、甚六、嘉吉、それに手引き人の峰次郎《みねじろう》と勇次《ゆうじ》がいた。峰次郎は前から手引き人だったが、勇次はまだ十五歳で、手引き人になったばかりである。

勇次の父親で大工だった伊助《いすけ》が、稲左衛門《とうざえもん》という深川一帯を縄張にしていた高利貸しがからんだ事件に巻き込まれて斬り殺された。島蔵が殺しの依頼を受けて、殺し人たちが稲左衛門一家と闘ったおり、勇次に助太刀して父親の敵《かたき》を討たせてやったのだ。その後、身寄りのない勇次は極楽屋に住むようになり、手引き人になったのである。

男たちの膝先には酒肴の膳が置いてあったが、銚子に手を伸ばす者はあまりいなかった。座敷の隅に置かれた燭台《しよくだい》の火に照らされた男たちの顔には、屈託《くつたく》の色があった。

「朴念がやられたのだ。……勇次、そのときの様子を話してくれ」

島蔵が勇次に顔をむけて言った。

勇次は、朴念が襲われたとき、いっしょにいたらしい。そのときの様子を話させるために笹屋に連れてきたのかもしれない。

「へい、あっしと朴念の旦那は、熊井町《くまい》に行った帰《けえ》りでした」

そう前置きして、勇次が話しだした。

朴念と勇次は、深川熊井町に腕の立つ牢人がいると聞いて、探りにいったという。熊井町に行って話を聞くと、牢人は剣術道場の師範代をやったこともあるそうだが、老齢で、しかもここ一月ほど病で寝ていたことが分かり、事件にかかわりはないとみて帰ってきた。

その帰り、仙台堀沿いの道を極楽屋へむかって歩いているとき、突然、堀際の樹陰からふたりの男が飛び出してきた。巨漢の武士と遊び人ふうの男だったという。

そこまで勇次が話したとき、

「弥蔵を殺ったふたりと、みてるんでさァ。ずっと、朴念を狙っていたにちげえねえ」

と、島蔵が言い添えた。

「勇次、それでどうした」

平兵衛が話の先をうながした。

「朴念の旦那があっしに、逃げろ、と言いやした。それで、あっしは夢中で逃げやした」

勇次によると、ふたりの男は勇次を追ってこなかったという。

二町ほど離れたところで勇次は足をとめ、朴念のことが気になって振り返って見た。

月明りのなかに、朴念と巨漢の武士が闘っているのが見えた。もうひとり、遊び人ふうの男は朴念の左手にまわって、匕首を構えていたという。

そのとき、ワッ、という叫び声が聞こえ、ふいに朴念の姿が掻《か》き消えた。巨漢の武士に攻めたてられ、堀際の石垣から足を滑らせて仙台堀に落ちたらしい。

勇次が夜陰に目を凝《こ》らしていると、堀のなかから立ち上がった朴念の姿が見えた。そこは、朴念の太腿《ふともも》ほどの水深だった。

朴念は、バシャバシャと水を蹴って勇次のいる方へ逃げてきた。

「あそこだ、逃がすな！」

巨漢の武士の声が聞こえ、遊び人ふうの男といっしょに堀沿いの道を朴念の後を追ってきた。

そのとき、一艘の猪牙舟が大川の方から朴念に近付いてきた。空舟だった。木場から材木でも運んだ帰りかもしれない。

朴念はその舟を呼びとめて、船縁《ふなべり》に飛び付いて乗り込んだ。舟なら、ふたりの男から逃げられると踏んだらしい。

「あっしは、朴念の旦那が舟に乗ったのを見て、助かった、と思いやした。それで、極楽屋まで走ってきたんでさァ」

勇次が顔をこわばらせたまま話した。

「ずぶ濡れになって、店に入ってきた朴念から聞いたのだがな。図体のでけえ侍は、三尺はあろうかという長刀を軽々と振りまわしたそうだ。それが、恐ろしく迅《はや》くて、手甲鈎で受けるのがやっとだったらしい。仙台堀に落ちなければ、命はなかったと言ってたよ」

島蔵によると、朴念の傷は右腕を二寸ほど裂かれたもので命に別状はないが、やはり傷口がふさがるまでは手甲鈎を遣うのは無理らしい、とのことだった。

「そやつだな、丸富屋の手代を斬ったのは」

平兵衛が言うと、右京がうなずいた。

「朴念に、そいつに覚えがあるか訊いてみたが、まったく覚えはないそうだ」

島蔵が言った。

すると、黙って聞いていた甚六が、

「そいつら、殺し人を狙ってるんじゃァねえのかな」

と、顔をけわしくして言った。

「おれも、そうみている」

島蔵が、その場に集まった男たちに視線をまわして言った。大きな目が、燭台の火を映して熾火《おきび》のようにひかっている。

「元締めは、そいつらに覚えはねえのかい」

甚六が訊いた。

「まったくないが、気になることを耳にしてな。それで、今夜、ここに集まってもらったんだ」

島蔵が低い声で言った。

男たちは、いっせいに視線を島蔵に集めた。

「一昨日《おととい》な、ひょっこり肝煎屋が店にやってきたのだ」

島蔵がそう前置きして、話し出した。肝煎屋とは、吉左衛門のことである。

深川海辺大工町の小名木川沿いに細川屋《ほそかわや》という油問屋の大店があった。その細川屋の稔次郎《としじろう》という若旦那は放蕩者《ほうとう》で、親の目を盗んで遊び歩いていたという。料理屋や岡場所などに出入りするだけでなく、賭場に出かけることもあったそうだ。

稔次郎は賭場に出入りし、負ける度に為蔵《ためぞう》という貸元から金を借りていたようだ。その借金がかさんで、いつの間にか五百両にも膨れ上がっていた。

稔次郎が実際に借りたのは、都合《つごう》二百両ほどらしかったが、高い利息が付いたらしい。稔次郎は利息のことまでは知らなかったようだ。証文には利息のことも書いてあったが、為蔵は話さなかったらしい。

稔次郎は、為蔵に五百両返さなければ、簀巻《すま》きにして大川に放り込むと脅され、親の目を盗んで店にあった金を掻き集めたが、二百両ほどしか集まらなかった。そこで、二百両の金を為蔵に渡し、これで勘弁してくれと頼んだ。

為蔵は二百両を手にしたが、それで棒引きにするどころか、さらに利息がついたので、残りは四百両だと言って、細川屋に乗り込んできた。

「乗り込んできたのは、図体のでけえ侍と為蔵の子分が三人だそうだ」

島蔵が言い添えた。

「その侍が、朴念を襲った男か」

平兵衛が念を押すように訊いた。

「吉左衛門が細川屋のあるじの新兵衛《しんべえ》から聞いた話だが、侍の体付きと面《つら》からみて、そうとしか思えねえんだ」

「とすると、その侍は、為蔵の賭場に出入りしているわけだな」

平兵衛は、賭場の用心棒ではないかと思った。

「そうらしいな」

「それで、細川屋は四百両を払ったのか」

平兵衛は話の先をうながした。

「いや、そのときは百両だけ払ったそうだ。細川屋でも、稔次郎が店の金を掻き集めて持ち出した後だったので、四百両もの金はなかったらしい」

「四人はおとなしく帰ったのか」

「新兵衛が残りの三百両は、半月後に払うと約束したらしい」

「それで」

「新兵衛は、半月後に金は払うつもりらしいが、はたしてその金で為蔵が細川屋から手を引くかどうか心配になり、一吉を訪ねたらしい」

「そのとき、細川屋は為蔵の殺しを頼んだのだな」

甚六が声を大きくして訊いた。

「そうじゃァねえ。新兵衛は、殺しを頼んだことが知れると自分が殺されるのではないかと恐れ、半月後に為蔵との談判を吉左衛門に頼んだらしい」

「それなら、吉左衛門が元締めのところに来て話すことはあるまい」

平兵衛が言った。

「吉左衛門の肚《はら》は談判がこじれたとき、殺しを頼むことにあるようだ。それに、吉左衛門は弥蔵や朴念が図体のでけえ武士に襲われたことを知っていて、細川屋へあらわれた武士と同じ男ではないかとみて、おれに知らせに来たわけだ」

そう言って、島蔵は底びかりのする大きな目で男たちを見まわした。

「すると、おれたちを狙っている武士の背後には、為蔵という賭場の貸元がいるわけですか」

それまで黙って聞いていた右京が言った。

「大兵の武士だけではないぞ。もうひとり、与助や吉崎を斬った武士がいるはずだ」

平兵衛は、巨漢の武士の他にもうひとり腕のたつ武士がいることを言い添えた。

「いずれにしろ、為蔵を黒幕とする一味が、極楽屋の者やおれたち殺し人の命を狙っているわけですか」

右京が独り言のようにつぶやいた。

「なんで、賭場の貸元が極楽屋の者たちを狙うんだい」

甚六が腑《ふ》に落ちないような顔をした。

「おれにも、分からねえ」

島蔵は首をひねった。

「ふたりの武士を裏で指図しているのは、為蔵だけではないような気がするがな」

平兵衛が言った。

「どういうことで？」

島蔵が平兵衛に目をむけた。他の男たちの視線も、平兵衛に集まっている。

「はっきりしたことは分からないが、賭場の貸元が極楽屋の者や殺し人を狙うはずはないし、与助や吉崎を斬った武士は、賭場に出入りしている大兵の武士とは別行動をとっているような気がするのだ」

平兵衛は賭場の貸元をしている為蔵とはちがう黒幕がどこかにひそんでいて、極楽屋の者や殺し人の命を狙っているような気がしたのだ。

平兵衛がそのことを言うと、

「そいつは、いったいだれだ」

と、島蔵が大きな目をひからせて訊いた。

「分からないが、為蔵の裏にさらに大物がひそんでいるのかもしれん」

平兵衛がつぶやくような声で言った。

5

平兵衛は右京といっしょに笹屋を出た。上空の月に照らされ、大川端の道が夜陰のなかにぼんやりと白んで見えた。提灯はなくとも歩けそうである。

五ツ（午後八時）ごろだった。大川の川面は淡い青磁色にひかり、無数の波の起伏を刻みながら永代橋の先の深い夜陰のなかに呑み込まれていた。日中は猪牙舟、屋根船、茶船、高瀬舟などが行き交っている川面も、いまは船影もなく荒漠《こうばく》とし、地鳴りのような音をたてて流れている。

辺りに人影はなかった。道沿いの店屋は表戸をしめ、夜の帳《とばり》につつまれ、ひっそりと寝静まっている。

「右京、まゆみに変わりはないか」

歩きながら、平兵衛が訊いた。

「はい。……義父上、どうです。岩本町の家へ寄っていきませんか」

右京が、急に思い出したように言った。

「い、いや、もう遅いからな……」

平兵衛は声をつまらせて言った。娘の家とはいえ、夜分、用もないのに訪ねるわけにはいかなかった。

「まゆみに言われてたのです。義父上に、岩本町の家に寄るように話してくれと」

「またにしよう……」

平兵衛は、まゆみが身籠《みご》もったような気配はないか、右京に訊こうと思ったのだが、とても言い出せなかった。ただ、右京がまったくそれらしいことを言わないので、その兆候はないということだろう。

ふたりは、新大橋のたもとを過ぎ、紀伊《きい》家の下屋敷の前まで来た。通りには、まったく人影がなかった。

「義父上、気になっていることがあるのですが」

右京が言った。

「何が気になるのだ？」

「町方です。極楽屋の者が殺された件はともかく、丸富屋の番頭と手代が殺された件でも、まったく動いていないようにみえるのですが」

た。

「そう言えば、そうだ」

平兵衛も、丸富屋の場合、もうすこし岡っ引きが探索に動いてもいいような気がした。

「何か、わけがあるんですかね」

「うむ……。まだ、わしらには見えてないものがありそうだな」

此度《こたび》の件は、依頼された殺しを実行するだけではすまないようだ。

そんなやり取りをしながら、ふたりは御舟蔵の脇まで来た。そのとき、後ろから走り寄る足音が聞こえた。

「義父上、三人です」

右京が振り返って言った。

いずれも町人だった。遊び人らしい。裾高に尻っ端折りし、あらわになった両脛《すね》が夜陰のなかに白く浮き上がったように見えた。三人は、平兵衛たちの方に走ってくる。

平兵衛は、路傍に身を寄せた。三人がなぜ走ってくるのか分からなかったが、やり過ごそうと思ったのである。

「前からも来ますよ」

右京が言った。

見ると、通りの先に、黒い人影が見えた。ふたりだった。夜陰のなかにかすかに、ふたつの人影が識別できた。ひとりは、袴姿で刀を帯びている。

「ひとりは武士だぞ。しかも、大兵だ！」

平兵衛の脳裏《のうり》に、弥蔵を斬殺し、朴念に傷を負わせた巨漢の武士の姿がよぎった。

「われらを襲う気ですよ」

右京は、すこしも動揺しなかった。

「大勢だな」

前からふたり、後ろから三人、都合五人だった。ただ、武士はひとりである。

バラバラと背後の三人が駆け寄ってきた。月明りに、三人の姿が浮かび上がった。いずれもすこし前屈みの格好で、血走った目をしていた。獲物を襲う狼《おおかみ》のようである。

つづいて、巨漢の武士と遊び人ふうの男が駆け寄ってきた。

……こやつが、朴念たちを襲った男だ！

と、平兵衛は確信した。

巨漢の武士が腰に帯びているのは、長刀だった。武士の胸は厚く、腕が異様に太かった。胴回りが大木のように太く、腰もどっしりとしている。全身に、筋肉が鎧《よろい》を着たようについていた。武芸の修行で鍛《きた》え上げた体である。

平兵衛と右京は、刀をふるえるだけの間を取り、大川を背にして立った。背後にまわられるのを防いだのである。

……手が震えてきた！

平兵衛が手を見ると震えていた。いつもそうだった。強敵と対峙《たいじ》すると、平兵衛の体が顫《ふる》えだすのだ。真剣勝負の恐怖と気の昂《たかぶ》りのせいである。

「おい、年寄りも武士だぞ」

巨漢の武士が、平兵衛に目をむけて驚いたような顔をした。平兵衛が腰に脇差を帯びているのを見て、武士と分かったらしい。どうやら、平兵衛が殺し人であることを知らないようだ。おそらく、頼りなげな老爺に見えたのだろう。

「だ、旦那、こいつは人斬り平兵衛ですぜ！」

年配の男が、うわずった声で言った。平兵衛のことを知っているようだ。

平兵衛は江戸の闇世界で、人斬り平兵衛と恐れられた殺し人だった。これまで、殺し人として多くの人を斬ってきたのである。

「こいつが、人斬り平兵衛か」

巨漢の武士が、平兵衛の前に近付いてきた。赤ら顔で眉が濃く、大きな鼻をしていた。唇も分厚い。

「おもしろい、こいつはおれが斬ってやろう」

巨漢の武士は、平兵衛から三間半ほど間合をとって対峙した。まだ、両腕を脇に垂らしたままである。

「おぬしか、朴念を斬ったのは」

平兵衛が巨漢の武士を見すえて訊いた。

「あの蛸坊主《たこぼうず》、堀に落ちて助かったようだがな。いずれ、おれが始末してやる」

武士が薄笑いを浮かべて言った。

この間に、年配の男が平兵衛の左手にまわり込んできた。いつ取り出しのか、匕首を手にしている。

他の三人は、右京を取りかこんでいた。三人とも、匕首を手にし、切っ先を右京にむけていた。四人の男の手にした匕首が、月明りのなかで青白くひかっている。

「おぬしの名は」

平兵衛が誰何《すいか》した。

「雷神《らいじん》だよ」

巨漢の武士が口元に薄笑いを浮かべて言った。

「雷神だと」

そういえば、虎《とら》の皮の褌《ふんどし》をしめ、太鼓《たいこ》を打ち鳴らす雷神のような面構えである。

「ならば、雷神の首を落としてくれよう」

平兵衛は腰の刀に手をかけた。

腰に帯びてきたのは、愛刀の来国光《らいくにみつ》だった。刀身は一尺九寸。身幅のひろい剛刀だが、定寸より三、四寸ほど短い。小太刀の動きを生かすため、平兵衛自身で、刀身を詰めたのである。平兵衛は、富田流小太刀から分派した金剛流を修行し、小太刀の素早い寄り身や間積もりを身につけていたのだ。

6

「行くぞ!」

巨漢の武士が抜刀した。刀身が二尺五、六寸あった。長刀である。

構えは八相だった。両肘を高くとり、切っ先を後ろにむけて刀身をやや寝かせている。巨体とあいまって、上から覆いかぶさってくるような威圧があった。

平兵衛は刀身を左肩に担ぐように逆八相に構えた。平兵衛の遣う「虎の爪《つめ》」と称する一撃必殺の剣の構えである。

逆八相に構えたまま、敵の正面にするどく身を寄せる。一気に間合をつめられた敵は、背後に身を引くか、あいている面に斬り込んでくるしかない。敵が身を引けばさらに間合をつめ、面に斬り込んでくれば、逆八相から刀身を撥ね上げて袈裟に斬り落とすのである。

平兵衛の袈裟への斬撃は凄まじく、敵の右肩をとらえた刀身は、鎖骨と肋骨を截断し、左脇腹ちかくまで達する。大きくひらいた傷口から、截断された骨が猛獣の爪のように見える。そのことから、この剣を虎の爪と称していたのだ。

平兵衛の手の震えはとまっていた。逆八相に構えたことで、胸の内の恐怖を払拭《ふっしょく》したのだ。

巨漢の武士の顔に怪訝な表情が浮いた。真剣勝負で、逆八相に構える者はあまりいないからだ。

「妙な構えだな」

巨漢の武士が言った。

「うぬの剛剣に負けぬぞ」

「おもしろい」

巨漢の武士の口元に薄笑いが浮いた。

ズッ、ズッ、と巨漢の武士の足元で音がした。足裏を摺《す》るようにして間合をつめ始めたのだ。

対する平兵衛は、動かなかった。逆八相に構えたまま全身に気勢を込め、虎の爪をはなつ機をうかがっている。

ズッ、と音がし、巨漢の武士の左足が前に出た瞬間をとらえて、平兵衛が仕掛けた。

イヤアッ!

裂帛《れっぱく》の気合を発し、平兵衛が巨漢の武士に迫った。疾走《しっそう》といっていいほどの俊敏な寄り身だった。

一気に、巨漢の武士との間合が狭まった。

平兵衛が一足一刀の間境《まざかい》に踏み込んだ瞬間、巨漢の武士の全身に斬撃の気がはしった。巨体がさらに膨れ上がり、まるで巨大な岩のように見えた。

イヤアッ!

タアッ!

ふたりの鋭《するど》い気合と同時に、一筋の稲妻のような閃光《せんこう》がはしった。

巨漢の武士が八相から袈裟へ。

平兵衛は逆八相から刀身を撥ね上げた。

キーン、という甲高《かんだか》い金属音がひびき、夜陰に青火が散り、ふたりの刀身がはじき合った。次の瞬間、ふたりの体がほぼ同時に躍動《やくどう》した。

刹那《せつな》、ふた筋の閃光が袈裟にはしった。ふたりとも、刀身を返しざま二の太刀をはなったのである。

袈裟と袈裟。

ザクリ、と平兵衛の袖《そで》無しが、肩口から袈裟に裂けた。巨漢の武士の小袖も、袈裟に裂けている。

次の瞬間、ふたりはほぼ同時に背後に跳び、大きく間合をとると、ふたたび逆八相と八相に構えあった。年寄りと巨漢だったが、ふたりの動きは俊敏だった。

ふたりとも、肌に血の色はなかった。着物を裂かれただけで、すんだようだ。

「初手は、互角か」

巨漢の武士が、驚いたような顔をして言った。頼りなげな老爺が、これほどの遣い手とは思わなかったのだろう。

「そうかな」

平兵衛は互角と思わなかった。平兵衛の虎の爪の方が、わずかに迅《はや》かったように感じたのだ。さらに、一瞬迅く、虎の爪の斬撃をふるえば、巨漢の武士を斬れるとみたのである。

平兵衛は逆八相に構えたまま気を鎮《しず》めて、巨漢の武士の動きを見つめていた。虎の爪を仕掛ける機をとらえようとしたのだ。


一方、右京は三人の匕首を持った男を相手にしていた。すでに、右手にいた男の二の腕に斬撃をあびせていた。男は匕首を手にしたまま右腕を垂らし、苦痛に顔をしかめている。男に戦意はないらしく、大きく間合をとって川岸に身を寄せていた。

残るはふたり。正面と左手にいる男だった。ふたりは匕首を胸の前に構え、血ばしった目で右京を見すえている。

右京は青眼に構え、正面の男に切っ先をむけていた。目付の鋭い剽悍そうな男である。この男が、巨漢の武士と組んで弥蔵や朴念たちを襲ったひとり、佐之吉である。むろん右京は佐之吉の名を知らない。

……こやつ、なかなか動きが迅い。

と、右京はみた。

すでに、佐之吉に右京は斬撃をあびせていたが、佐之吉は咄嗟に後ろへ跳んで右京の切っ先をかわしたのだ。もっとも、右京は左手の男にも気をくばっていたので、一瞬踏み込みが遅れたせいもあった。

佐之吉がジリジリと間合をつめてきた。体をすこし前に倒し、顎《あご》の先のあたりに匕首を構えている。その動きに合わせて、左手の男も間合をつめ始めた。ふたりの匕首が、夜陰のなかで獣の牙のようににぶくひかっている。

右京は青眼に構えたまま動かなかった。気を鎮めて、佐之吉と左手の男の間合を読んでいる。

……初手は、左手の男か。

左手の男の方が寄り身が速く、間合がつまってきていた。

左手の男が先に仕掛け、右京が動いた瞬間をとらえて、佐之吉が匕首を突いてくる、と右京は読んだ。

左手の男が斬撃の間境に踏み込むや否や、右京が先《せん》をとって仕掛けた。

ふいに、右京は左手に反転し、

タアッ！

と鋭い気合を発して、斬り込んだ。

右京は体をひねりざま青眼から刀身を横に払った。一瞬の斬撃である。その切っ先が、左手の男の脇腹を深くえぐった。

グッ、と喉のつまったような呻き声を上げ、男の上体が前にかしいだ。そのまま男は前に泳ぎ、足がとまると、左手で脇腹を押さえてうずくまった。左手の指の間から血が流れ出ている。

すかさず、佐之吉が匕首を前に突き出すように構えて飛び込んできた。この動きを読んでいた右京は、瞬間、体をひねりざま、刀身を逆袈裟に撥ね上げた。流れるような体捌《さば》きである。

甲高い金属音がひびき、佐之吉の手にした匕首が虚空《こくう》に飛んだ。右京が匕首をはじき上げたのだ。

咄嗟に、佐之吉は脇へ跳んだ。俊敏な動きである。

「ちくしょう！　覚えてやがれ」

佐之吉は反転して走りだすと、

「旦那、逃げてくれ！」

と、巨漢の武士にむかって叫んだ。右京にふたり斬られ、このままでは自分も巨漢の武士も返り討ちに遭うとみたらしい。

平兵衛と対峙していた巨漢の武士は、佐之吉の叫び声を耳にすると、すばやい動きで後じさった。そして、平兵衛との間合があくと、

「この勝負、あずけた」

と言い残し、反転して駆けだした。

逃げ足は、巨漢とは思えない速さだった。平兵衛の左手にいた男も匕首を手にしたまま逃げだした。

平兵衛は、ふたりを追わなかった。もっとも、平兵衛の足ではふたりに追いつけなかっただろう。

腕を斬られ、川岸近くにいた男も逃げだした。四人の男の後ろ姿が遠ざかり、夜陰にまぎれていく。

7

「義父上、怪我は」

右京は平兵衛の袖無しが裂けているのをみて訊いた。

「斬られたのは、袖無しだけだ」

平兵衛が苦笑いを浮かべて言った。

「待ち伏せしていたようですね」

「笹屋に集まった者を尾けてきたのではないかな」

その後、笹屋を見張っていて、店から出てきた平兵衛と右京を目にし、ここで襲う気になったのだろう。

「しばらく笹屋は使えませんね」

「元締めに話しておこう。……それにしても、大勢だったな」

平兵衛は、町人が四人もいたことに驚いていた。やはり、背後に大物がいるようだ。

そのとき、路傍で低い呻き声が聞こえた。川岸近くにうずくまっている人影があった。右京が脇腹を斬った男である。

「ひとり、残っているな」

「まだ、生きているようですよ」

「話を聞いてみるか」

平兵衛と右京は呻き声を発する男のそばに近寄った。

男は脇腹を押さえたまま地面にへたり込んでいた。月光に浮かび上がった顔が、苦痛にゆがんでいる。

「名はなんという」

平兵衛がおだやかな声で訊いた。

男は平兵衛の方に顔をむけたが、何も答えなかった。顔をしかめて、苦しげな呻き声を上げただけである。

「このままでは、ここで死ぬぞ」

平兵衛が言った。

すると、男の顔が悲痛にゆがんだ。死にたくないのだろう。

平兵衛は懐から手ぬぐいを出すと、

「押さえている手をどけろ」

と言って、手ぬぐいを腹にまわした。

腹を縛ってやろうとしたのである。縛っても助からないだろうが、埒が近くならたどりつけるかもしれない。

男が脇腹から手を離すと、傷口から、どっと血が溢《あふ》れ出た。平兵衛は手ぬぐいで傷口をすばやく縛った。手ぬぐいが、見る間に赤く染まっていく。

「さて、話を聞かせてもらうか。それとも、おまえを見捨てて逃げたやつらに義理立てして、口をつぐんでいるか」

平兵衛が言った。

「な、何を訊きてえんだ」

男が平兵衛を見上げて言った。話す気になったようだ。

「おまえの名は」

「又七《またしち》……」

「いっしょにいた武士だが、名を知っているか」

「た、滝田武左衛門《たきたぶざえもん》さまだ」

そう言って、又七が顔をしかめた。腹が痛むようだ。縛った手ぬぐいが、どっぷりと血を吸っている。

「滝田な」

平兵衛は傍《かたわ》らに立っている右京に目をやった。平兵衛は知らなかったが、右京なら知っているかもしれない。

すぐに、右京は首を横に振った。右京も知らないようだ。

「牢人か」

平兵衛が又七に訊いた。巨漢の武士は、主持ちに見えなかったのだ。

「そうらしい」

「滝田の住処《すみか》を知っているか」

「知らねえ。……滝田の旦那とは、賭場で顔を合わせたんでさァ」

「為蔵の賭場か」

「へえ」

「ところで、おまえたちは極楽屋の者やわしらの命を狙っているようだが、何のためだ」

「あっしには、分からねえ。……貸元に言われただけだ」

「為蔵は、何のために極楽屋の者やわしらの命を狙うのだ」

平兵衛は、それだけの理由があるはずだと思った。

「か、貸元は、生かしておくと、おれたちの命を狙ってくるから、その前《めえ》に殺る、と言ってた」

「うむ……」

どういうことだろう、と平兵衛は思った。島蔵をはじめ殺し人は、いまのところ為蔵を狙ってはいないのだ。

「ところで、逃げた町人だが、三人とも為蔵の手先か」

平兵衛が声をあらためて訊いた。

「ふ、ふたりは、手先だ」

又七が、苦しげに顔をしかめて話したことによると、腕を斬られた男が惣助《そうすけ》、平兵衛の左手にいた男が鳥造《とりぞう》とのことだった。そのふたりが為蔵の手先で、もうひとりの目付の鋭い剽悍そうな男は、客として賭場に出入りしていたという。佐之吉という遊び人で、滝田とつるんで遊んでいることが多く、ふたりとも為蔵に頼まれたそうだ。

「為蔵の賭場だが、どこにあるのだ」

平兵衛は賭場の場所が分かれば、滝田や佐之吉たちの行き先がつかめるのではないかと思ったのだ。

「お、大島《おおしま》町だ……」

又七が声をつまらせて言った。苦しげに顔をしかめている。

「大島町のどこだ」

深川大島町は、江戸湊に近い町である。

「掘割の近くだ」

「掘割な」

それだけ分かれば、為蔵の賭場は探し出せるだろう。

「為蔵だがな。……だれかの指図で、動いているのではないのか」

「し、知らねえ」

又七の顔が土気色をしてきた。額に脂汗が浮いている。

平兵衛は、又七の命は長くないと思ったが、

「おまえたちの仲間に、もうひとり腕のたつ武士がいるな」

と、つづけて訊いた。

「な、名は知らねえが、おそろしく強《つえ》え侍がいると聞いたことがある」

又七が喘ぎながら言った。

「そやつ、為蔵の賭場には出入りしていないのだな」

平兵衛が念を押すように訊いた。

「お、おれは見てねえ……」

「そうか」

どうやら、又七も、もうひとりの武士のことは知らないようだ。

「又七、歩けるか」

平兵衛は、又七を帰そうと思った。

「…………」

又七は、無言のまま顔をしかめて立ち上がった。体が揺れている。

「勝手に帰れ」

平兵衛が言うと、又七は手で脇腹を押さえ、ふらふらと歩きだした。

又七の姿が夜陰にまぎれると、平兵衛と右京も歩きだした。大川端に人影はなく、大川の流れの音だけが低い地鳴りのように聞こえていた。

第三章　深谷《ふかや》の甚六《じんろく》

1

平兵衛と孫八は、深川中島町《なかじま》を歩いていた。右手の大名の下屋敷の先に、江戸湊の青い海原がひろがっている。

初夏の陽射しを浴びた海原は青くかがやき、水平線の彼方で、空の青と一体になっていた。海面の波の起伏の間に、猪牙舟や荷を積んだ艀《はしけ》などが木の葉のように見えた。青一色の海原を、大型の廻船が白い帆を張って航行していく。

平兵衛は袖無しと軽衫姿で、菅笠《すげがさ》をかぶっていた。腰には来国光を帯びている。孫八も、菅笠をかぶっていた。陽射しを避けるためと顔を隠すためである。

「旦那、その橋の先が大島町ですぜ」

孫八が前方を指差して言った。

掘割にかかっている大島橋が見えた。その橋の先につづいている家並が大島町である。平兵衛と孫八は、大島町にある為蔵の賭場を探るためにきたのだ。

平兵衛が又七から話を聞いて四日経っていた。この間、孫八が大島町の掘割沿いの道を歩き、為蔵の賭場をつきとめた。

平兵衛は孫八から、賭場のある場所を聞くと、

「ともかく、賭場を見てみよう」

と言って、ふたりで大島町まで出かけてきたのだ。

平兵衛たちは大島橋を渡るとすぐに左手におれ、堀沿いの道を歩いた。しばらく歩くと、前方に八幡橋《はちまんばし》が見えてきた。

孫八が堀際に足をとめ、

「旦那、そこの八百屋《やおや》の先の家が賭場でさァ」

と、小声で言った。

見ると、半町ほど先に八百屋があった。店先に、長屋の女房らしい女の姿が見えた。その八百屋の先に、板塀をめぐらせた仕舞屋《しもたや》があった。通りからひっ込んだところにある妾宅《しょうたく》ふうの家である。

「ともかく、家の前まで行ってみよう」

通りには、ちらほら行き交う人の姿があった。家の前を通るだけなら、不審を抱か

れることはないだろう。

平兵衛と孫八は、八百屋の前を通って仕舞屋のそばまで来た。八百屋との間は空き地になっていた。夏草が茂っている。裏手は竹藪だった。人家のすくない寂しい地で、賭場をひらくにはいい場所だった。

平兵衛たちはゆっくりとした足取りで、家の前を通った。道に面して枝折り戸があった。戸口は板戸がしめてある。家のなかから物音も人声も聞こえなかった。辺りはひっそりとしている。

平兵衛たちは足をとめずに、家の前を通り過ぎた。そして、一町ほど過ぎたところで、立ちどまった。

「賭場はひらいてないようだな」

「ひらくのは、陽がしずむころですぜ」

八ツ（午後二時）ごろだった。まだ、陽は頭上にある。

「どうしやす」

孫八が訊いた。

「せっかく来たのだ。賭場の様子を訊いてみるか」

賭場と知っている者は、すくないはずだが、近所の者に訊けば家の様子が知れるだろう。

「旦那、あそこに笠屋がありやすぜ。訊いてみやすか」

孫八が通りの先を指差した。

小体な店だが、店先に菅笠がいくつも掛けてあった。網代笠《あじろがさ》もあるようだった。

近付くと、戸口に「合羽処《かっぱどころ》」と書かれた看板が出ていた。笠だけでなく、合羽も売っているようだ。

店先から覗くと、奥に狭い座敷があり、そこに店のあるじらしい男の姿があった。

「今度は、わしが訊いてみよう」

平兵衛は、いつも聞き込みを孫八にまかせていたが、たまには自分でも訊いてみようと思ったのだ。

「おまかせいたしやす」

孫八が、口元をゆるめて言った。

平兵衛と孫八は、かぶっていた菅笠をとってから店に入った。すると、座敷の隅の帳場机で帳面を繰《く》っていた初老の男が、慌てて立ち上がった。

「いらっしゃい」

男は揉み手をしながら近付いてきた。平兵衛たちを客と思ったらしく、

「笠ですか」

と、愛想笑いを浮かべて訊いた。

「手間をとらせてすまないが、ちと訊きたいことがあってな」

平兵衛はそう言うと、懐から財布を取り出した。

男は首を伸ばして、平兵衛の指先を見ている。そして、平兵衛が一朱銀をつまみ出すと、とたんに満面に笑みを浮かべた。

「とっておいてくれ」

平兵衛は一朱銀を男に渡した。

「旦那、何をお訊きになりたいんで」

男は一朱銀を握りしめて訊いた。目を細め、恵比寿《えびす》のような顔をしている。一朱を手にしたので、笠を売るより儲《もう》かったにちがいない。

「大きな声では言えないのだが、わしの娘のことでな」

平兵衛が急に声をひそめた。

「娘さんの……」

「囲い者になっているのだ」

「囲い者に」

男の目に好奇の色が浮いた。

「娘はこの近くに住んでいるらしいのだが、それらしい家はないかな」

平兵衛は、賭場が妾宅ふうだったので、適当な作り話をして様子を聞き出そうとしたのだ。

「旦那、ありますよ」

男が声をひそめて言った。

「あるか」

「はい。……この先にある板塀をめぐらせた家がそうでさァ。なんでも、色っぽい年増が住んでるそうですぜ」

「男の名を知っているか」

「名は知りませんが、あまり、評判がよくないようで」

男は困ったような顔をした。

「評判がよくないだと」

「はい。旦那は、やくざ者だと聞きました。それに……」

「それに、なんだ」

平兵衛が語気を強くして訊いた。

「夕暮れ時になると、人相のよくない男たちが出入りしているようですよ」

「家で、何をしているのだ」

「噂ですがね、賭場ではないかと言う者もいます」

男が小声で言った。

「賭場な」

平兵衛はいっときむずかしい顔をして口をつぐんでいたが、

「娘のいる家ではないな。わしの娘にかぎって、賭場などに住んでいるはずはないのだ」

と強い口調で言った。

「てまえも、そう思いますよ」

男は愛想笑いを浮かべて言った。

「わしが、娘のことを訊きにきたことは、だれにも話さんでくれ」

平兵衛は、そう言い置いて店から出た。

孫八は通りに出ると、平兵衛に身を寄せ、

「旦那、うまく聞き出しやしたね。……岡っ引きも形無しですぜ」

と、笑いながら言った。

である。

「孫八ほどではないがな」

平兵衛たちは、来た道を引き返し始めた。これ以上、聞き込むこともなかったのである。

2

翌日、陽が西の空にかたむいたころ、平兵衛、右京、孫八、嘉吉の四人は、極楽屋の近くの掘割から猪牙舟に乗った。

平兵衛たちは、舟で大島町まで行くつもりだった。掘割をたどれば、陸を歩かずに大島町まで行くことができる。

平兵衛は賭場に出入りする為蔵の子分をひとり捕らえ、極楽屋まで連れてきて話を聞くつもりだった。大島町から極楽屋まで捕らえた男を連れてくるのにも、舟を使うと容易《ようい》である。

平兵衛は孫八と嘉吉だけを連れて行くつもりだったが、話を聞いた右京が、わたしも行きます、と言い出したので、同行したのである。右京は、為蔵の子分にくわえて滝田と闘うようなことにでもなれば、平兵衛ひとりでは後《おく》れをとるとみたようだ。

艫《とも》に立って櫓《ろ》を漕《こ》ぐのは、嘉吉だった。平兵衛たちの乗る舟は、掘割の水面をすべるように西にむかっていく。

やがて舟は、大島町沿いの掘割に入った。前方に富ケ岡《とみがおか》八幡宮の門前通りにつづく八幡橋が見えてきたところで、

「舟をとめやすぜ」

と、嘉吉が声をかけ、水押《みお》しを右手にむけた。

そこに、船寄があった。二艘の猪牙舟が舫ってある。付近に人影はない。

嘉吉が櫓から棹《さお》に持ち替えて船縁を船寄に付けると、すぐに平兵衛たちは船寄に飛び下りた。

「まだ、すこし早いかな」

平兵衛は西の空に目をやった。陽は沈みかけていたが、まだ夕陽が家並を照らしていた。頭上にも青い空がひろがっている。暮れ六ツ（午後六時）までには、半刻（一時間）ほどあるかもしれない。

「旦那、あっしと嘉吉とで様子を見てきやしょうか」

孫八が言った。

「そうしてくれ」

ここから、賭場まで近かった。二町ほどしかないだろう。

孫八と嘉吉は、土手につづく小径をたどって掘割沿いの通りに出た。平兵衛と右京は、通りから見えない船寄の隅に行って、叢《くさむら》に腰を下ろした。

しばらく待つと、陽が家並の向こうに沈み、空が藍《あい》色をおびてきた。岸際に繁茂した葦《あし》の陰に淡い夕闇が忍び寄っている。

そのとき、近付いてくる足音が聞こえた。平兵衛は足音のする方に目をやった。孫八と嘉吉である。

ふたりは平兵衛たちのそばに走り寄り、

「旦那、賭場がひらきやしたぜ」

と、孫八が荒い息を吐きながら言った。孫八たちは、仕舞屋の近くで見張り、賭場がひらいたのを見てからもどってきたのだろう。

「行くか」

平兵衛が立ち上がった。

孫八と嘉吉が先にたち、平兵衛と右京が後につづいた。平兵衛たち四人は、すこし間をおいて仕舞屋の前まで来た。四人いっしょに歩いていると目立つからである。四人は仕舞屋の前で足をとめずにそのまま歩いた。家の前を通りながら目をやると、戸口に若い男がひとり屈んでいた。下足番の三下らしい。

仕舞屋の前から半町ほど過ぎたところで、孫八が足をとめ、

「あっしらは、この笹藪の陰から戸口を見張っていたんでさァ」

と、小声で言った。

通り沿いに笹藪があった。その陰にまわれば、通りを行き来する人の目に触れずに賭場が見張れそうである。

「そこで、すこし様子を見るか」

平兵衛たちは、笹藪の陰にまわった。

陽は沈み、辺りは夕闇に染まっていた。西の空には茜色の残照がひろがっていたが、笹藪の陰は濃い夕闇につつまれている。通り沿いの店は、すでに店仕舞いしていた。通行人の姿もほとんどなく、ときおり居残りで仕事をしたらしい男や仕事帰りに一杯ひっかけたらしい若い衆などが、通りかかるだけである。

仕舞屋に目をやっていると、ひとり、ふたりと賭場の客らしい男が、通り沿いの枝折り戸を押してなかに入っていく。

仕舞屋から明りが洩れていた。物音や話し声は聞こえてこなかったが、博奕《ばくち》は始まっているようだ。

「ここで、見張っていても仕方がないな」

為蔵の子分らしい男は出てこなかった。目にするのは、賭場に入っていく客だけである。平兵衛たちは、為蔵や滝田のことを聞き出したかった。そのために、為蔵の子分を捕らえるつもりで来ていたのだ。

「賭場に踏み込むと、騒ぎになるでしょうね」

右京が言った。

「それは無理だ」

騒ぎになるだけではない。為蔵の子分がどれほどいるか分からないが、下手にやり合うと返り討ちに遭う。

しばらく、四人の男は口をつぐんだまま立っていたが、

「旦那、子分をひとり連れ出しやしょうか」

と、孫八がけわしい顔をして言った。

「そんなことができるのか」

平兵衛が言った。

「戸口に三下がいやすが、あいつなら表の通りまで連れ出せるかもしれねえ」

孫八が、賭場の客を装《よそお》って戸口まで行き、三下を騙《だま》して通りまで連れてくると言

い添えた。

「やってみるか」

「へい」

「ただ、暗くなってからがいいな。通りに、身を隠しているのを気付かれないようにな」

それに、捕らえた三下を連れて行くにも、見咎《みとが》められる恐れがないので暗くなってからの方がいいだろう。

平兵衛たちは、笹藪の陰で辺りが夜陰につつまれるのを待った。

時とともに闇が濃くなり、仕舞屋から洩れる灯が、くっきりと明るくなってきた。辺りが静かになったせいか、かすかに男たちの哄笑《こうしよう》が聞こえてきた。賭場は、盛況のようだ。

「そろそろ行くか」

平兵衛が声をかけた。

四人は笹藪の陰から出ると足音を忍ばせて仕舞屋にむかった。まず、平兵衛たちは枝折り戸の近くの板塀の陰に身を寄せた。

濃い闇が平兵衛たちの姿を隠してくれた。息を殺していれば、通りかかった者も気付かないかもしれない。

「あっしが、連れ出しやす」

孫八が小声で言い、枝折り戸へむかった。

右京が枝折り戸のすぐ脇に身をひそめ、平兵衛と嘉吉がすこし後ろに身を隠した。

右京が刀を抜き、嘉吉は懐から手ぬぐいと細引《ほそびき》を取り出した。右京と嘉吉とで、為蔵の子分を捕らえることにしたのだ。

平兵衛は賭場に目をむけていた。子分たちが飛び出してくるようなことになったら、枝折り戸のところで食いとめるのである。

3

孫八は枝折り戸を押してなかに入ると、仕舞屋の戸口に足をむけた。懐手をし、肩を振りながら慣れた様子で戸口に近付いていく。

戸口に屈んでいた三下らしい若い衆が、孫八に目をとめて腰を上げた。賭場の客と思ったらしい。

「始まってるようだな」

孫八は戸口に目をやって若い衆に声をかけた。

土間に下駄や草履《ぞうり》が並んでいた。その先に、狭い板敷きの間がある。賭場はその奥にあるようだったが、見えなかった。大勢の男のくぐもった声や物音が聞こえてきた。客たちが、盆をかこんでいるのだろう。

「へい、今夜は賑やかですぜ」

若い衆が、小声で言った。青白い顔をした痩せた男である。

「ところで、おめえ、隅《すみ》におけねえなァ」

孫八が若い衆に目をやって薄笑いを浮かべた。

「旦那、何のことで？」

若い衆が訝《いぶか》しそうな顔をした。孫八が何を言ったか分からなかったのだろう。

「女だよ。いい女じゃァねえか」

「女？　……何の話で」

「その枝折り戸のところからなかを覗いていたぜ。ひどく、思いつめたような顔をしてよ。戸口にいるおめえを見てたようだぜ」

「…………」

若い衆が首をひねった。

「とぼけるなよ。話ぐれえしてやったらどうだい。あんないい女を泣かせやがって……。そこで、待ってるぜ」

孫八が枝折り戸を振り返って言った。

「そこに、女がいるんですかい」

若い衆が訊いた。

「そうよ。おめえを待ってるようだぜ」

孫八は、来てみろよ、と言って、若い衆の袖を引っ張った。

「だ、だれかな」

若い衆は、首をひねりながら孫八についてきた。

孫八は枝折り戸のところまで行くと、戸を押して外を覗いてから、

「戸の脇の暗がりにいるぜ」

と、若い衆にささやいた。

若い衆は孫八の脇から前に出ると、枝折り戸から首を出して通りに目をやった。孫八の話を信じたようである。

「旦那、だれもいねえぜ」

「よく見ろよ」

言いざま、孫八は若い衆の背を押して戸の外に押し出した。

そのときだった。枝折り戸の脇に身を隠していた右京が、すばやく若い衆に近付いた。峰《みね》に返した刀を低い八相に構えている。

その足音に気付き、若い衆が振り返った。

「だ、だれ……」

若い衆が言いかけた刹那、右京の刀が一閃した。

ドスッ、という鈍い音がし、若い衆の上体が前にかしいだ。何か言いかけた若い衆は喉のつまったような呻き声を上げて、その場に両膝をついた。右京の峰打ちが、若い衆の腹を強打したのだ。

そこへ、嘉吉と平兵衛が走り寄った。

「嘉吉、猿轡《さるぐつわ》をかませろ」

右京が、切っ先を若い衆の喉元につきつけて言った。

「へい」

嘉吉は手早く手ぬぐいを若い衆の顔にまわし、猿轡をかました。そして、孫八とふたりで、若い衆の両腕を後ろにとって縛り上げた。手際がいい。これで、若い衆は声を出すことも逃げることもできなくなった。

「さァ、立ちな」

孫八と嘉吉が、若い衆の両腕をつかんで立たせた。

「うまくいったな」

そのままふたりは若い衆の両側に立ち、腕をとって歩きだした。平兵衛が先に立ち、右京は若い衆のすぐ後ろについた。四人で若い衆をとりかこみ、夜陰につつまれた通りを船寄にむかった。

平兵衛たちは、船寄にとめてあった舟に若い衆を乗せると、掘割をたどって極楽屋にむかった。

若い衆を連れていったのは、極楽屋の奥の座敷だった。そこは、島蔵が殺し人の密談に使ったり、捕らえた者の口を割らせたりするときに使う座敷である。

がらんとした座敷の隅に行灯《あんどん》が置いてあった。その灯のなかに、平兵衛たち四人と島蔵の顔が浮かび上がっている。

「若いの、おれを知ってるかい」

島蔵がギョロリとした目で若い衆を睨みながら言った。島蔵の大きな顔が行灯の灯を映じて、爛《ただ》れたように赤らんでいる。

若い衆は猿轡をかまされていたので何も言えず、目を剝き、恐怖に体を顫わせていた。

「ここは地獄でな。おれは閻魔だよ」

そう言って、島蔵はニタリと笑った。まさに、閻魔を思わせるような凄みのある顔である。

「若いの、いま、猿轡をとってやるがな。ここは、泣こうが喚《わめ》こうが、どこにも聞こえねえ。助けを呼ぼうなどと、けちなことを考えるなよ」

島蔵は、猿轡をとってやれ、と嘉吉に指示した。

すぐに、嘉吉が若い衆の猿轡をとってやった。

若い衆は何も言わなかった。ヒッ、ヒッと、喘鳴とも泣き声ともつかぬ細い声を洩らしただけである。

「おめえの名は」

島蔵が、有無を言わせぬ強いひびきのある声で訊いた。

「す、助次《すけじ》……」

若い衆が声を震わせて言った。助次という名らしい。

「おめえ、為蔵の子分だな」

「へえ」

助次が首をすくめるようにうなずいた。隠す気はないようである。もっとも、為蔵の賭場の下足番をしているところを捕らえられたのだから、ごまかしようがない。

島蔵はそこまで訊くと、平兵衛に顔をむけてから身を引いた。後は、平兵衛にまかせるつもりらしい。

「助次、為蔵の賭場に滝田武左衛門がいるな」

平兵衛の声は、島蔵とうってかわって穏やかだった。

「…………」

助次は平兵衛に顔をむけたまま口をとじている。平静さを取り戻してきたらしく、体の顫えが収まっていた。

「隠さずともよい。滝田が賭場の用心棒をしていたことは分かっているのだ」

「滝田の旦那は賭場におりやす」

助次が小声で答えた。

「塒は?」

「…………」

助次は、また口をつぐんだ。

すると、平兵衛の脇にいた島蔵が、

「旦那、しゃべらねえんなら、こいつの舌をひっこ抜いてやりやしょう。おい、だれか、こいつに金棒でもかませろ」

と、怒鳴った。

嘉吉が座敷から出て行こうとすると、

「まァ、待て」

と言って、平兵衛がとめた。

「助次、ここは地獄と言ったはずだぞ。ここにいるのは、おまえの舌を抜くことなど平気な連中だ。もう一度訊く、滝田の塒は？」

「中島町……」

中島町は大島町と掘割を隔《へだ》てて西側にひろがっている。

「長屋か」

「借家でさァ」

助次によると、大島橋を渡って二町ほど歩くと古着屋があり、その脇の路地を入ってすぐのところに借家があるという。

平兵衛は、それだけ聞けば滝田の塒はつきとめられると思った。

「助次、佐之吉という男を知ってるな」

平兵衛が声をあらためて訊いた。佐之吉のことから訊いたのは、賭場の下足番なら佐之吉のことを知っているとみたからである。

「へい……」

「どんな男だ」

「賭場の客で、滝田の旦那とつるんで出歩くことが多いようでさァ」

「為蔵の子分ではないのだな」

「子分じゃァねえ」

「そうか。……ところで、滝田や佐之吉の仲間に、もうひとり腕のたつ武士がいるだろう」

平兵衛は、吉崎や丸富屋の番頭を斬った男のことを知りたかったのだ。

「風間《かざま》の旦那のことですかい」

「その風間という男は、牢人か」

「へい、滝田の旦那より腕はたつと聞いてやすぜ」

助次によると、風間は為蔵の賭場に一度だけ来たことがあるという。滝田や佐之吉と顔見知りらしく、賭場の奥にある座敷で三人で話していたそうだ。

「……！」

吉崎たちを斬ったのは、風間という男だ、と平兵衛は確信した。滝田より腕のたつ男は滅多にいないはずだ。それに、滝田や佐之吉とつながっているとなれば、吉崎たちを斬った牢人とみていいのではあるまいか。

そのとき、平兵衛と助次のやり取りを聞いていた島蔵が、

「風間泉十郎《せんじゆうろう》か」

と、けわしい顔をして助次に訊いた。

「そうでさァ」

助次が答えた。

島蔵が大きな目で虚空を睨むように見すえながら、

「そいつは、品川《しながわ》宿にいた風神《ふうじん》だ」

と、つぶやくような声で言った。

島蔵が話したことによると、かつて、品川宿を塒にしていた腕のたつ牢人がいたという。風間は流れ者の牢人で、賭場の用心棒をしたり、通りすがりの武士に剣術の立ち合いを挑《いど》んで打ち破って金銭を巻き上げたりしていた。

風間のことを風神と呼ぶ者がいた。太刀捌きが迅く、刃風を感じたときには斬り殺されているといわれていた。さらに、風間が鬼神のように強かったことや風間の風を

とって、そう呼ばれるようになったらしい。

「その風間の噂を聞かなくなって数年経つ。……街道筋を流れ歩いてから江戸に入り、深川に腰を落ち着けたのではないかな」

島蔵が言い添えた。

平兵衛は島蔵が話を終えると、

「そういえば、滝田が雷神と口にしていたぞ」

と、言った。風神と雷神、ふたりはいっしょに行動していたのではあるまいか。

「いや、滝田が雷神と呼ばれていたことは知らないが……」

島蔵は首をひねった。

「そうか。滝田は雷公のような顔をしているからな、勝手にそう口にしただけかもしれん」

平兵衛は、たいした意味はないだろうと思った。

次に口をひらく者がなく、その場が沈黙につつまれたとき、

「ところで、風間の塒を知っているか」

平兵衛が声をあらためて訊いた。

「知りやせん。……あっしは、話したこともねえんでさァ。佐之吉兄いが、風間の旦

那とか風の旦那と呼んだのを耳にしただけなんで」

「風の旦那か」

そういえば、風のように流れ歩いて生きてきたようだ、と平兵衛は思った。

平兵衛が口をつぐむと、脇にいた島蔵が、

「為蔵だがな。大島町で賭場をひらいているだけかい。他のことで、金儲けをしてるんじゃァねえのか」

と、助次を睨むように見すえて訊いた。

「あっしは、賭場の下足番をしてるだけで、親分が何をしてるかくわしいことは知らねえんでさァ」

助次が首を横に振った。

「為蔵の裏に、だれか大物がいるんじゃァねえのか」

なおも、島蔵が訊いた。

「そういやァ、勝造《かつぞう》兄いが、うちの親分には後ろ盾の大親分がいると言っていた覚えがありやす」

勝造という男は、賭場で壺振りをしている男だという。

「大親分だと」

島蔵が、ギョロリとした目をひからせた。

「そいつは、だれだい」

「あっしは、大親分と聞いただけで、名も、どこに住んでるかも知らねえでさァ」

「うむ……」

島蔵が分厚い唇をひき結んで口をつぐんだ。

その島蔵に代わって、孫八と右京が、為蔵の塒や子分のことなどを訊いたが、たいした話は聞けなかった。ただ、為蔵は情婦《いろ》に料理屋をやらせていて、ふだんそこで寝泊まりしていることが分かった。ただ、助次は情婦の名も、料理屋の名も知らなかった。

平兵衛たちの訊問が一通り終わったとき、

「あっしを帰《けえ》してくだせえ」

と、助次が訴えるように言った。

「助次、おめえ、賭場に帰るのか」

島蔵が訊いた。

「へえ」

「おめえ、おれたちにつかまったことが、為蔵に知れたらどうなると思ってるんだ。

……袋叩きになるぐれえじゃァすまねえぜ。簀巻きにされて、海にでも沈められるだろうよ」

「……！」

助次の顔が恐怖でひき攣《つ》り、体が小刻みに顫えだした。島蔵の言うとおりだと思ったのだろう。

「まァ、しばらくここにいな。おれが、めしぐれえ食わしてやる。ほとぼりが冷めたころ、帰りゃァいい。為蔵が生きてればの話だがな」

そう言って、島蔵がニタリと笑った。

4

甚六と手引き人の猪吉《いきち》は、小名木川沿いの道を歩いていた。甚六は細川屋の若旦那、稔次郎が為蔵の賭場に出入りし、貸元の為蔵から金を借り、その利息がかさんで四百両もの金を要求されたという話を聞き、

……賭場の貸元がやるようなことじゃァねえ。

と、胸の内で思った。

貸元が、こいつは鴨《かも》だと目をつけた客に、言葉巧《たく》みに金を貸し付けて博奕をやらせ大金を巻き上げるのは、よくある手口だった。

甚六が賭場の貸元らしくないと思ったのは、貸した金にひそかに利息をつけ、途方もない大金を脅しとろうとしたことである。

……あくどい高利貸しのやり方だ。

と、甚六は思い、稔次郎の様子を聞いてみるつもりで来たのだ。

甚六は極楽屋で殺し人になる前、渡世人で街道筋を流れ歩いていた。そうしたこともあって、賭場のことはよく知っていたのである。

甚六は中山道の深谷宿近くで、百姓《ひゃくしょう》の次男として生まれた。少年のころから深谷宿で遊び歩き、十七、八になると一端《いっぱし》の渡世人のようになった。

そして、深谷宿の親分だった駒蔵《こまぞう》という男に杯をもらって子分になった。ところが、駒蔵が死んだ後、駒蔵の跡目を継いだ倅《せがれ》の勇助《ゆうすけ》と反《そ》りが合わず、深谷宿を出ざるを得なくなった。

その後、甚六は三年ほど中山道や日光《にっこう》街道などを流れ歩いた後、江戸に出た。甚六は江戸市中の賭場に出入りしたり、普請場の人足などをしたりして暮らしていたが、ふらりと立ち寄った極楽屋が気に入って住みついた。

ある日、甚六は通りすがりのふたりの遊び人と喧嘩になり、長脇差の替わりに棒切れを使ってふたりを打ちのめした。その様子を、たまたま通りかかって目にした島蔵が、殺し人をやってみないかと誘ったのである。

一方、猪吉はまだ若く、二十歳だった。手引き人になったばかりである。父親は左官の親方をしていたが、左官になるのが嫌で家を飛び出した。その後、大工や屋根葺《ふ》きの親方に奉公したが長続きせず、行き場がなくなって極楽屋に住むようになり、半年ほど前から手引き人をするようになったのである。

島蔵は、猪吉が身軽で足が速いのに目をつけて、手引き人をやらせてみようと思ったようだ。

甚六と猪吉は、海辺大工町を大川にむかって歩いていた。前方に、小名木川にかかる万年橋が見えてきた。橋の先には、大川の川面がひろがっている。

「甚六の兄い、あれが細川屋ですぜ」

猪吉が前方を指差して言った。

猪吉は甚六のことを兄いと呼んでいた。甚六が年上ということもあったが、猪吉自身、家を飛び出して流れ歩いたこともあって、甚六に親しみを感じていたのである。

油問屋の大店らしい土蔵造りの店舗だった。裏手には、土蔵もある。繁盛している店らしく、印半纏姿の奉公人が出入りしていた。

「兄い、どうしやす。店に入って訊きやすか」

猪吉が路傍に足をとめて言った。

「店のあるじに、なんて言うんだい。極楽屋の者だとは言えねえぜ」

細川屋のあるじは、肝煎屋に相談に行っただけである。極楽屋のことも殺し人も知らないはずだ。

「とりあえず、話の聞けそうなやつをつかまえて訊いてみやすか」

「それしかねえな」

甚六は細川屋の店先に目をやったが、話を聞けそうな者は見当たらなかった。

「兄い、細川屋の先に古着屋らしい店がありやすぜ」

猪吉が指差した。

細川屋の半町ほど先に、小体な店があった。遠方ではっきりしないが、店先に古着らしい物がつるしてある。

「あの店で訊いてみるか」

近所の住人なら、細川屋の倅の稔次郎と為蔵のかかわりはともかく、稔次郎がどんな男かは知っているだろう。

甚六たちは細川屋の前を通り過ぎて、古着屋の店先まで歩いた。

古着が店のなかにも下がっていた。土間の先に狭い畳敷きの間があり、初老の男が着物をたたんでいた。店の親爺らしかった。畳んでいるのは、売り物の古着であろう。縞柄《しまがら》の単衣のようだ。

甚六たちは店に入ると、

「ごめんよ」

と、猪吉が声をかけた。

親爺は猪吉と甚六に目をやると、

「古着かね」

と言って、畳んでいた着物を脇へ置いて立ち上がった。

「古着じゃァねえ。ちょいと、訊きてえことがあってな」

猪吉が言った。

甚六は黙って猪吉の後ろに立っている。ここは、手引き人の猪吉にまかせるつもりだった。

「客じゃァねえのかい」

親爺は渋い顔をした。

「そう嫌な顔をするな。手間は取らせねえよ」

そう言うと、猪吉は懐から巾着を取り出し、波銭を何枚かつまみ出した。この親爺はただでは話さないとみたのである。

親爺は銭を握ると、

「何が訊きてえんで？」

と、顔に愛想笑いを浮かべて言った。

「この先に、油問屋の細川屋があるな」

猪吉が切り出した。

「あるよ」

「倅の稔次郎を知ってるかい」

「知ってるが、稔次郎がどうかしたかい」

親爺から、猪吉に訊いた。

「でけえ声じゃァいえねえけどな。ここにいる男もそうだが、稔次郎とはいろいろあってな」

そう言って、猪吉は甚六に目をやった。生意気な言い方だと思ったが、親爺から話を聞き出すために、甚六に遊び仲間を装ってもらうことにしたのだ。

甚六は、口元に苦笑いを浮かべてうなずいた。

「それで？」

「親爺、だれにも言うんじゃァねえぞ」

猪吉が、急に声をひそめた。

「言わねえ」

親爺が好奇に目をひからせて猪吉に身を寄せた。

「ちょいと、手慰《てなぐさ》みをしたと思いねえ。そんとき、稔次郎にすこしばかり都合してやったことがあるのよ」

猪吉がもっともらしく言った。相手を話に引き込むのも巧みである。

「…………」

親爺は猪吉に目をやったまま次の言葉を待っている。

「ところが、稔次郎のやつ、まったく姿を見せなくなっちまった。そこで、細川屋の奉公人にそれとなく訊いてみたら、野郎、ちかごろ家から外に出ねえっていうじゃァねえか」

「そうらしいよ。いろいろあってな」

親爺が小声で言った。

「何があったんだい」

「噂だがな。賭場で大負けして、貸元に、借りた金を返さねえと命はねえ、と脅されたそうだよ」

「やっぱりそうか」

「稔次郎は、前から遊び人でな。新兵衛の旦那も困ってるようだ」

「そうすると、賭場の貸元が細川屋に乗り込んで来たんだな」

猪吉が親爺を見ながら訊いた。

「貸元かどうか知らねえが、図体のでけえ牢人を連れた強面《こわもて》の男が、店に来たらしいな」

「強面の男ってえなァ、だれだい」

図体のでけえ牢人は滝田だろうと思った。

「分からねえが、その男が貸元かもしれねえな」

親爺は、細川屋の奉公人から、四十がらみで赤ら顔の男と聞いたそうだ。

「店に来たのは、ふたりだけかい」

「他に子分らしいのが、ふたりいたらしい」

「ふたりな」

念のために、猪吉はふたりの名を訊いたが、親爺は知らなかった。

猪吉と親爺のやり取りがとぎれたとき、

「親爺、稔次郎と遊び歩いていた男を知らねえか」

と、甚六が訊いた。

「そこまでは、知らねえなァ。おまえさんたちの方が知ってるんじゃァねえのかい」

そう言って、親爺は甚六と猪吉に目をむけた。

「おれたちは、稔次郎と遊び歩いてたわけじゃァねえ。賭場で顔を合わせて、すこしばかり都合してやっただけよ」

甚六はそう言い、親爺から身を引いた。

「だいぶ様子が知れたぜ。稔次郎に貸した金はあきらめるよ。……店から出てこねえんじゃァ取りようがねえ」

そう言い残し、甚六と猪吉は古着屋から出た。

5

甚六たちは古着屋から出た後、さらに通り沿いの店に立ち寄って稔次郎と細川屋のことを訊いてみたが、新しいことは知れなかった。

「今日のところは、引き上げるか」

甚六が西の空に目をやって言った。

陽は西の家並の向こうに沈みかけていた。西の空には夕焼けがひろがり、家々の屋根や通りを淡い橙色《だいだい》の夕陽がつつんでいる。

小名木川の通りには、ぽつぽつと人影があった。仕事を終えたぼてふりや出職の職人、それに遊びから帰る子供たちの姿もあった。まだ、暮れ六ツ(午後六時)前で、表店はひらいている。

「猪吉、久し振りに、そばでも食ってくか。極楽屋の夕めしもうめえが、そばもいいぜ」

甚六は腹が減っていたのだ。

「そうしやしょう」

猪吉が、顔をほころばせた。

ふたりは小名木川沿いの道を東にむかって歩いた。極楽屋に帰る道筋である。ふたりは、小名木川にかかる高《たか》橋のたもとで、手頃なそば屋を見つけて暖簾をくぐった。

酒で喉をうるおし、そばで腹ごしらえをしてからそば屋を出た。外は夜陰に染まっていた。西の空には、まだ黒ずんだ残照がひろがっていたが、東の空には鎌のような細い三日月が出ていた。まだ、空に明るさが残っているせいか、三日月は白くぼんやりと浮かんでいるように見えた。

甚六と猪吉は、高橋のたもとを右手におれ、霊巌寺《れいがんじ》の門前にさしかかった。

そのとき、甚六たちの後ろをふたりの男が歩いていた。佐之吉と鳥造である。ふたりは、甚六たちが小名木川沿いの通りで聞き込みをしていたときから尾けていたのだ。

佐之吉が言った。

「鳥造、風間の旦那に知らせてくんな」

「へい」

鳥造は低い声で答えると、右手の路地に走り込んだ。そこは武家屋敷の間の細い路地だった。どこかで待っている風間に知らせるつもりらしい。

佐之吉だけが、武家屋敷の土塀の陰や通り沿いの樹陰などに身を隠して、巧みに甚六たちの跡を尾けていく。

甚六と猪吉は、霊巌寺の門前から大名の下屋敷の前を経《へ》て仙台堀に突き当たった。そこは、海辺橋のたもとである。

甚六たちは橋のたもとを左手におれ、仙台堀沿いの道を極楽屋に向かって歩いた。

「だいぶ暗くなったな」

甚六が足を速めた。

通り沿いの道に人影はなかった。表店はひっそりと夜陰につつまれている。人声は聞こえなかった。甚六たちの足音と仙台堀の汀に寄せるさざ波の音が、聞こえてくるだけである。

やがて、前方に仙台堀にかかる亀久橋が見えてきた。黒い橋梁が、夜陰のなかにぼんやりと見えている。

そのとき、甚六は背後から近付いてくる足音を聞いた。

甚六は振り返った。見ると、遊び人ふうの男が小走りに近付いてくる。棒縞《ぼうじま》の単衣を裾高に尻っ端折りしていた。夜陰のなかに、男の顔と両脛が仄白《ほのじろ》く浮き上がったように見えた。

「だれか、くるぞ」

甚六が低い声で言った。

このとき、甚六の胸にこの近くで滝田たちに襲われた弥蔵や朴念たちのことがよぎった。

だが、近付いてくるのは、町人ひとりだった。甚六は、恐れることはないと思った。

「兄い！　前にもいやす」

猪吉が叫んだ。

見ると、堀沿いの柳の樹陰に人影があった。濃い夜陰にとざされてはっきりしないが、ふたりいるようだ。

背後から、男が右手を懐に突っ込み、すこし前屈みの格好で迫ってくる。身辺に殺気があった。夜陰のなかで双眸《そうぼう》が青白くひかっている。獲物に迫る狼のようである。

「猪吉、おれたちを襲う気だぞ！」

甚六は腰の長脇差《ながどす》の柄を握った。

と、柳の樹陰からふたつの人影が飛び出した。痩身の武士と遊び人ふうの男である。すでに、痩身の武士は抜き身をひっ提《さ》げていた。刀身が月光を反射《はね》て、銀蛇《ぎんだ》のようにひかっている。

「てめえ、だれだ！」

甚六が、痩身の武士に訊いた。牢人体である。撫で肩で、腰が据わっていた。

「フウジン……」

牢人がつぶやくような声で言った。

……風間か！

甚六は、島蔵から風間が風神と呼ばれていることを聞いていたのだ。

「ち、ちくしょう！」

猪吉が声を震わせて言った。顔が恐怖でひき攣っている。

猪吉は懐に手をつっ込んで匕首を取り出したが、ワナワナと震えていた。恐怖と興奮のせいである。

甚六は長脇差を抜いたが、

……ふたりとも殺られる！

と、思った。風間ひとりでも、相手にならないだろう。風間の身辺には、異様な殺気があった。

「猪吉！　つっ走れ」

叫びざま、甚六は風間に近付いた。せめて、猪吉だけでも逃がそうと思ったのである。

猪吉は足が速い。前から迫る風間たちの脇をすり抜ければ、何とか助かるはずだ。

「あ、兄いも、逃げてくれ！」

猪吉は、体を顫わせて甚六の後ろからついてきた。

「猪吉、極楽屋へつっ走って、助けを呼ぶんだ。おれが、こいつらを食いとめる」

「…………」

猪吉が戸惑《とまど》うように顔をゆがめた。

「猪吉！　極楽屋につっ走れ」

甚六が必死の形相《ぎょうそう》で怒鳴《どな》った。

その声で、猪吉がはじかれたように飛び出した。

「やろう！」

すかさず、甚六が長脇差で風間に斬りかかった。甚六は風間とやり合っている隙《すき》に、猪吉を逃がそうと思ったのである。

風間は脇に身を寄せざま、すばやく刀身を横に払った。迅《はや》い！　甚六はかすかな刃風を感じただけで、太刀捌きも見えなかった。

次の瞬間、甲高い金属音がひびき、甚六の長脇差がはじかれた。勢い余った甚六の体が、つっ込むように前に泳いだ。

この隙に、猪吉が風間の脇をすり抜けた。俊敏な動きである。

「逃がすか！」

風間といっしょに前にまわり込んできた鳥造が、猪吉の後を追った。

だが、猪吉の足は速く、見る間に後ろ姿が夜陰のなかに遠ざかっていく。

6

「かかってきやがれ！」

甚六は足を踏ん張って体勢をたてなおすと、長脇差の切っ先を風間にむけた。目がつり上がり、歯を剝き出していた。追いつめられた獣のような顔である。

「極楽屋の殺し人だな」

風間が低い声で訊いた。風間の細い目がうすくひかっている。不気味な顔である。

「そうよ。てめえ風間だな」

「そうだ。殺し人を皆殺しにするつもりだ」

風間は手にした長刀を八相に構えた。両肘を高くとり、刀身を立てて、切っ先で天空を突くように高くとった。大きな構えだった。

風間と甚六の間合は、およそ三間半だった。佐之吉と鳥造は後ろに下がって間をとっていた。この場は風間にまかせるつもりらしい。

風間にむけていた甚六の切っ先が震えている。風間の威圧に呑まれているのだ。

……動くしかねえ！

と、甚六は思った。

甚六は渡世人として多くの喧嘩《でいり》を経験してきた。殺し人としても、何人か斬り殺している。そうした修羅場をくぐったことから、刀を手にした武士と対峙して斬り合っても勝てないと甚六は承知していた。長脇差で武士を斃《たお》すには、激しく動きながら闘うしかない。甚六が会得《えとく》した喧嘩殺法である。

ヤアアッ！

いきなり、甚六は甲走った声を上げて疾走した。

長脇差を振りかざして一気に風間に迫り、遠間《とおま》から踏み込みざま、右手一本で斬り込んだ。たたきつけるような斬撃である。

オオッ！

と声を上げ、風間が八相から長刀を袈裟に払った。

ガチッ、という刀身をはじく音がし、甚六の長脇差が横に大きくはじかれた。その勢いで、甚六の体が横をむいた。

タアッ！

鋭い気合とともに、風間の二の太刀が甚六を襲った。瞬間、稲妻のような閃光がはしった。迅い！　甚六には風間の太刀筋も見えなかった。

甚六が耳元で刃風を感じた瞬間、右腕に焼き鏝《ごて》を当てられたような衝撃がはしった。

ふいに、右腕の感覚が消えた。ダラリ、と右腕が垂れ下がり、截断された二の腕の斬り口から血が筧《かけい》の水のように流れ出た。わずかな皮肉を残し、甚六の右の二の腕が截断されたのだ。

甚六は長脇差を取り落とし、獣の咆哮《ほうこう》のような叫び声を上げて逃げた。

「逃さぬ！」

風間が甚六の背後から袈裟に斬りつけた。

ザクリ、と肩から背にかけて着物が裂け、血が噴いた。

甚六は絶叫を上げて身をのけぞらせ、前によろめいたが、爪先を何かにひっかけてつんのめるように転倒した。

地面に伏臥《ふくが》した甚六は頭をもたげ、なおも這って逃れようとした。

「とどめを刺してくれるわ！」

言いざま、風間が甚六の背に長刀を突き刺した。

猪吉は懸命に走った。

後から追ってくる者はいなかったが、早く極楽屋に飛び込んで島蔵に知らせなければ、甚六が殺される。

足の速い猪吉だったが、全速力で走ったために息が切れ、心ノ臓は早鐘のように打ち、足がもつれた。それでも、猪吉は走るのをやめなかった。前方に要橋が見えてきた。その橋の左手の夜陰のなかに、極楽屋の灯が点っている。

……あの明りのなかに、親爺さんたちがいる。

猪吉の脳裏に、島蔵や仲間の男たちの顔がよぎった。

猪吉は要橋を渡って左手に折れ、荒い息を吐きながら小橋を渡って極楽屋に飛び込んだ。

土間に並べられた飯台に数人の男がいた。いつものようにめしを食ったり、酒を飲んだりしている。

猪吉が土間にへたり込んで、

「や、殺られる！　兄いが……」

と、叫んだ。後は声にならず、ハァ、ハァ、と荒い息を吐いている。

「どうした、猪吉」

近くの飯台で酒を飲んでいた幸助が、慌てて近寄ってきた。

「甚六兄いが殺される！　お、親爺さんを、呼んでくれ」

猪吉が必死に叫んだ。

それを聞いた百助《ももすけ》という男が、板場に走り込んだ。島蔵に知らせにいったようだ。

すぐに、百助が島蔵と嘉吉を連れてきた。魚でもさばいていたのか、島蔵は包丁を手にしていた。手が、魚の血で赭黒く汚れている。

島蔵と嘉吉のそばに、店にいた連中が集まってきた。箸や銚子を手にしたままの男もいる。

「お、親爺さん、甚六兄いを、助けて……」

猪吉が声をつまらせて言った。

「どこだ、襲われたのは」

すぐに、島蔵が訊いた。事情を察知したらしい。

「亀久橋の先だ」

「おい！　めしも酒も後だ」

島蔵が男たちに怒鳴った。

「へ、へい」

幸助が目をつり上げて答えた。

「行くぞ！」

島蔵が戸口から走り出た。

つづいて、嘉吉や店にいた男たちが、いっせいに飛び出した。土間にへたり込んでいた猪吉も立ち上がり、男たちの後を追った。

亀久橋のたもとを過ぎて間もなく、島蔵の先に出ていた嘉吉が、

「親爺さん、ここだ！」

と声を上げ、路傍に足をとめた。

バラバラと、島蔵をはじめとする男たちが集まってきた。夜陰のなかに、男がひとり俯せに倒れていた。肩から背にかけて着物が裂け、赭黒い血に染まっている。甚六だった。甚六は、ピクリとも動かない。死んでいるのは、だれの目にもあきらかだった。

猪吉が横たわっている甚六のそばに屈み込み、両手を血まみれの背に当てると、

「じ、甚六兄いは、おれを助けるために、死んだんだ」

声を震わせて言い、喉のつまったような嗚咽《おえつ》を洩らした。

島蔵や男たちは、甚六のまわりに集まってうなだれている。月明りに照らされた男たちの影が、甚六の死体を覆っていた。

猪吉の細い嗚咽が、いつまでも夜陰を震わせている。

第四章　頭巾の男

1

「甚六が殺られたか」

　平兵衛が顔を曇《くも》らせて言った。

極楽屋の奥の座敷だった。行灯の灯に、屈託のある男たちの顔が照らし出されていた。集まっているのは、平兵衛、島蔵、右京、孫八、嘉吉、猪吉、勇次、それに朴念の姿もあった。朴念は右腕に晒を巻いていたが、血の色はなかった。腕も自在に動くようなので、手甲鈎も遣えるかもしれない。

甚六が風間に殺されて三日経っていた。島蔵が嘉吉と孫八に指示して、平兵衛たちに極楽屋に集まるよう伝えたのである。

「それで、殺ったのはだれだ」

朴念が暗い顔をして訊いた。

「牢人がフウジンと言いやした」

猪吉が、その夜の様子をつぶさに話した。

「そいつは、風間だ」

島蔵が目をひからせて言った。

「これで、はっきりしたな。風間や滝田が、殺し人の命を狙っているのはまちげえねえ」

そう言って、島蔵が平兵衛や右京に目をむけた。

「そうだな」

島蔵の言うとおりだった。孫八はともかく、殺し人である平兵衛、右京、朴念、甚六の四人が襲われたのである。平兵衛と右京はことなきを得たが、朴念は右腕に怪我をし、甚六は命を奪われた。

「いったい、だれが、おれたちの命を狙っているんだ」

朴念が苛立《いらだ》った声で言った。朴念も、滝田と風間たちに、指示している黒幕がいるとみているようだ。

「為蔵か」

朴念が訊いた。

「為蔵が、かかわっていることはまちがいないが……。為蔵には、おれたちを殺す理由がない。わしら殺し人は、賭場の貸元などと何のかかわりもないからな」

平兵衛が思案するように首をひねった。

「どうだ、為蔵を締め上げたら」

「それもいい手だが、先に滝田と風間を始末しよう。やつらを生かしておくと、こっちがいつ殺されるか分からんぞ」

平兵衛がそう言ったとき、

「旦那、滝田の塒なら分かりやしたぜ」

と、孫八が口をはさんだ。

助次が、滝田の塒は、中島町にある古着屋の脇の路地を入ってすぐのところにある借家だと話した後、孫八は中島町へ出かけて借家を探していたのだ。

「それで、滝田は借家にいたのか」

平兵衛が訊いた。他の男たちの視線も孫八に集まっている。

「それが、借家にいねえんでさァ」

孫八によると、借家の戸口から覗いてなかの様子を窺《うかが》ったが留守《るす》のようなので、近所で聞き込んだという。

「滝田は、ここしばらく、住んでいる借家にもどってねえようなんでさァ」

孫八が言い添えた。

「助次が捕らえられたことに気付いて、塒を変えたのかもしれんな」

平兵衛が言った。

「どうしやす？」

「何とか、滝田の居所をつかみたいが……」

平兵衛は、滝田の居所がつかめないと討つのはむずかしいとみた。

「孫八、猪吉」

そのとき、島蔵がふたりに声をかけた。

「しばらく、中島町の借家と為蔵の賭場を見張ってくれ。どちらかに、滝田が顔を出すはずだ。ひょっとすると、風間も姿を見せるかもしれねえ。……猪吉、甚六の敵を討つためにも、滝田を見つけだすんだ」

「へい」

猪吉が、目をつり上げて答えた。

孫八と猪吉がその場で話し、孫八がいままでどおり借家で、猪吉は賭場の見張りにあたることになった。

「いいか、用心しろよ。為蔵の子分たちに知れると、命はねえぞ」

島蔵が念を押すように言った。

島蔵と孫八たちのやり取りが途絶《とだ》えたとき、

「気になることがあるんですがね」

と、右京が言い出した。

「なんだ」

平兵衛が右京に訊いた。その場に集まった男たちの目が、右京に集まっている。

「町方だが、まったく動きがないようです。……細川屋の倅が賭場で大金を脅しとられそうになった話は、岡っ引きの耳にも入っているはずですがね」

「片桐の旦那の言うとおりだ。細川屋だけじゃァねえ。丸富屋の番頭と手代が殺された件も、探っている様子はねえぜ」

島蔵が低い声で言った。

「此度の件は、町方がからんでいるかもしれんぞ」

平兵衛は、町方が黒幕とは思わなかったが、一役買っているような気がした。

「八丁堀か」

朴念が目をひからせて言った。

「北町奉行所《きた》の山名かもしれんな」

平兵衛は、定廻り同心の山名仙之助が、与助や吉崎が殺された現場に臨場したとき、どんな態度をとったか、極楽屋の男たちから聞いていたのだ。

「おれも、山名のような気がするが、八丁堀に手を出すのは覚悟がいるぜ。下手に手を出すと、極楽屋の者が根こそぎお縄になるからな」

島蔵によると、八丁堀同心がその気になれば、無宿人や兇状持ちなどのいる極楽屋には、いつでも捕方をむけられるという。

「そいつも、殺るしかねえな」

朴念が低い声で言った。

「まァ、待て。まだ、山名が何をしたのか分かってないのだぞ。八丁堀に手を出すのは、わしたちの敵なのかはっきりしてからだ」

平兵衛がたしなめるように言った。

「それにしても、今度の相手は姿が見えねえ。……為蔵たちの後ろにいる黒幕にしろ、八丁堀にしろ、そんな気がするだけだからな」

島蔵が苛立った口調で言った。

その場に集まった者たちも同じ思いだった。敵の黒幕が見えないのに、味方の殺し人が次々に襲われるのである。

「ともかく、つかんでいる糸をたぐってみるしかないな」

平兵衛が自分に言い聞かせるようにつぶやいた。

2

猪吉は笹藪の陰にいた。そこは、大島町の掘割沿いである。笹藪の陰に身を隠して、為蔵の賭場を見張っていたのだ。

猪吉は、滝田や仲間の町人が、賭場に姿をあらわすのを待っていた。

猪吉がこの場に来て、賭場を見張るようになって三日目だった。もっとも、陽が沈むころの一刻（二時間）ほどだけである。これまで、滝田も仲間の町人も、姿をあらわさなかった。

今日も、この場に来て一刻ちかく経つが、それらしい男たちはまだ姿をあらわさなかった。

……兄いの敵を討つためにも、きっと見つけてやる。

猪吉はそう思い、仕舞屋の戸口に目をむけていた。

すでに、陽は家並の向こうに沈んでいた。掘割沿いの道は淡い夕闇に染まり、表店は表戸をしめている。

ひとり、ふたりと、賭場の客らしい男が枝折り戸を押して仕舞屋にむかい、戸口から入っていく。

戸口には、ふたりの若い衆がいた。助次が急に姿を消したので、警戒して下足番をふたりにしたのだろう。

それから、猪吉は小半刻（三十分）ほどねばった。闇が深くなり、仕舞屋から洩れる灯が、くっきりと明らんでいる。賭場がひらいて、だいぶ経ったにちがいない。枝折り戸から入っていく客の姿はなくなった。

……今日も無駄骨か。

そう思って、猪吉が笹藪から出ようとしたときだった。

通りの先に、ふたつの人影が見えた。ふたりとも、遊び人ふうの男である。

……やつらだ！

と、猪吉は思った。

ふたりに見覚えがあった。風間とともに、甚六と猪吉を襲った町人である。猪吉はふたりの名を知らなかったが、佐之吉と鳥造だった。

佐之吉たちは枝折り戸を押して、戸口に近付いた。佐之吉が、下足番のふたりに何やら声をかけてから家のなかに入った。

……やっと、あらわれたぞ。

猪吉は、ふたりが出てくるまで待つつもりだった。跡を尾けて、塒をつきとめるのである。

猪吉は笹藪の笹を何本か折って地面に敷くと、その上にどっかりと腰を下ろした。そして、腰に巻いてきた風呂敷包みを取った。風呂敷には、竹皮でくるんだ握りめしがつつんであった。見張りが長丁場になることも考えて、島蔵に頼んで握りめしを作ってもらったのだ。

猪吉は握りめしを頬ばり、添えてあったたくあんをかじった。茶が飲みたかったが、我慢するしかない。

しだいに夜が更《ふ》け、頭上には星空がひろがっていた。月が皓々《こうこう》とかがやいている。どこかで、梟《ふくろう》の啼《な》き声が聞こえた。物寂しい啼き声が闇を震わすように聞こえてくる。

そのとき、仕舞屋の方から話し声が聞こえた。猪吉が立ち上がって目をやると、仕舞屋の戸口に人影が見えた。

ふたり。賭場から出てきたらしい。ふたりは戸口にいた若い衆になりやら声をかけ、枝折り戸から通りへ出てきた。

……やつらじゃァねえ。

ふたりは、佐之吉と鳥造ではなかった。ふたりとも小袖に黒羽織姿だった。小店の旦那ふうである。賭場の客であろう。

ふたりの男は枝折り戸から掘割沿いの通りに出ると、猪吉に背をむけて何やら話しながら遠ざかっていく。

そのふたりの姿が夜陰のなかに消えたとき、また、仕舞屋の戸口に別の人影があらわれた。今度もふたりである。

……やつらだ！

その姿に見覚えがあった。佐之吉と鳥造である。

ふたりは枝折り戸を押して通りに出ると、猪吉が身をひそめている方にすこし歩き、すぐに右手におれた。そこに細い路地があるらしい。

猪吉は笹藪の陰から通りに出て走った。ふたりの姿が見えなくなったからである。

路地の角まで来ると、先を行くふたりの姿が見えた。月明りのなかに、黒い人影がぼんやりと浮かび上がっている。そこは、空き地や笹藪などが多い寂しい地で、通り沿いの家はすくなかった。遠方の夜陰のなかに、ぽつぽつと人家の灯の色が見える。

ふたりは、いっとき路地を歩いた後、左手におれた。そして、路地をしばらくたどると、別の路地に出た。人家が目に付くようになり、ときおり行き来する人影もあった。

前を行くふたりは掘割に突き当たると、掘割にかかっている小橋を渡った。橋の先は道幅が急にひろくなり、道沿いには町家が軒を連ねていた。軒先に赤提灯をぶら下げた飲み屋や縄暖簾を出した一膳めし屋などもあり、人通りが多くなった。そこは、深川黒江《くろえ》町である。

猪吉は足を速めて、佐之吉たちに近付いた。人通りが多くなったので、近付いても尾行を気付かれる恐れがなかったのだ。

佐之吉たちは、さらに賑《にぎ》やかな通りに出た。富ケ岡八幡宮の門前通りである。通り沿いには、料理茶屋、料理屋、そば屋などが軒を並べ、酔客、遊女を買いにきた遊び人、箱屋を連れた芸者などが行き交っていた。

佐之吉たちは、何やら話しながら歩いている。

猪吉は思い切って、佐之吉たちの声が聞こえるところまで近付いてみた。人通りが多かったので、通行人の後ろにつけば気付かれることはないだろう。それに、ふたりは尾行者がいるなどとは思ってもみないらしく、背後を振り返ってみるような素振りは見せなかった。

ふたりの声がとぎれとぎれに聞こえてきた。賭場の話をしているようだ。猪吉はしばらく耳をかたむけていたが、滝田や為蔵の行方を探る手掛かりになるような話は聞けなかった。ただ、ふたりの名は分かった。ときどき、相手の名を口にしたからである。痩身で目付の鋭い男が佐之吉で、もうひとりの小太りの男が鳥造だった。

門前通りをしばらく歩くと、前方に八幡宮の一ノ鳥居が見えてきた。

……どこへ行く気だい。

すでに、町木戸のしまる四ツ（午後十時）ちかいのではあるまいか。飲み屋や女郎屋に行くにしても遅すぎる。

そのとき、前を行く佐之吉たちが料理屋の前で足をとめた。二階建ての大きな料理屋である。まだ、二階の座敷に客がいるらしく、酔客の哄笑、嬌声《きようせい》、弦歌の音などが聞こえてきた。

佐之吉たちは通りの左右に目をやってから店先の暖簾をくぐった。

……これから、一杯やる気かい。

それにしては、遅すぎる、と猪吉は思った。

猪吉は料理屋の前まで来ると歩調をゆるめ、店先に目をやった。格子戸《こうしど》のある戸口の脇に掛け行灯が点っていた。そこに、松島屋《まつしまや》と書いてあった。

……今夜はここまでか。

猪吉は佐之吉たちの尾行をそこまでにし、極楽屋に帰ることにした。

翌朝、猪吉は朝めしを食いながら島蔵に、賭場にあらわれた佐之吉たちの跡を尾け、彼らが黒江町の料理屋、松島屋に入ったことまでを話した。

「料理屋に入るにしては、遅い時間だな。それに、博奕の後、料理屋に繰《く》り出すとは思えねえ」

島蔵が低い声で言った。

「あっしも、そんな気がしやす」

「猪吉、その料理屋を探ってみろ。何か出てくるかもしれねえぜ」

虚空を見つめた島蔵の目が、底びかりしている。

3

……滝田は、もどらねえかもしれねえな。

孫八は、滝田が住んでいた借家の前を通りながらつぶやいた。家の戸口に目をやると、引き戸はしまったままである。

七ツ（午後四時）ごろだった。孫八は滝田が住んでいた借家を見にきていたのだ。留守の家を長時間見張ることもなかったので、一日に一、二度、滝田が帰っているか見にくるだけである。すでに、孫八が借家を見に来るようになって五日経つが、滝田がもどった様子はなかった。

孫八は、今日も留守らしいと思ったが、念のため戸口に近付いて聞き耳をたてた。家のなかは静寂につつまれていた。物音も話し声も聞こえなかった。やはり、留守のようである。

孫八は、そのまま家の前を通り過ぎた。ゆっくりした足取りで一町ほど歩くと、きびすを返して来た道を引き返し始めた。帰りがけにもう一度見て、そのまま極楽屋へ帰ろうと思ったのだ。

孫八が借家の方にむかって歩き出したとき、通りの先に女の姿が見えた。ちいさな風呂敷包みを胸にかかえて、急ぎ足でやってくる。下駄の音がしだいに、大きく聞こえてきた。年増である。垢《あか》抜けした粋《いき》な感じのする美人だった。料理屋か、水茶屋か、男客相手の商売をしている女らしかった。

女は借家の前まで来ると、戸口の方に足をむけた。

……あの女、借家に入るつもりだぞ。

気付いた孫八は、すぐに路傍の樹陰にまわって身を隠した。

見ていると、女は借家の引き戸をあけてなかへ入っていた。戸締まりはしてなかったらしい。それに、女は慣れた様子だった。何度か家に入ったことがあるようだ。

……滝田の情婦《いろ》かもしれねえ。

と、孫八は思った。情婦なら、跡を尾ければ、滝田の居所が知れるのではあるまいか。

孫八は樹陰に身を隠したまま、女が家から出て来るのを待った。

半刻（一時間）ほど経ったろうか。引き戸があいて、女が家から出てきた。風呂敷包みが、だいぶ大きくなっている。女は家のなかにあった物を取りに来たようだ。滝田の着物かもしれない。

女は通りにもどると、来た道を引き返していった。

孫八は樹陰から出て、女の跡を尾け始めた。行き先をつきとめるのである。

女は掘割沿いの道を歩いて福島橋のたもとに出ると、人通りの多い通りを左手にまがった。そこは、富ヶ岡八幡宮の門前通りにつづいている通りである。

女は賑やかな通りを半町ほど歩くと、通り沿いにあった料理屋の暖簾をくぐった。二階建てだが、それほど大きな料理屋ではなかった。ただ、奥行きはあるらしく、店の脇から裏手に植えられた庭木が見えた。

孫八は女が慣れた様子で店に入ったのを見て、この料理屋の女将《おかみ》かもしれないと思った。

料理屋の前を歩きながら、孫八は戸口の掛け行灯に目をやった。清川屋《きよかわや》と書いてあった。

……まだ、極楽屋に帰るのは早《はえ》えな。

孫八は、近所で聞き込んでみようと思った。女が、滝田とつながっているのは、まちがいないのだ。

孫八は通り沿いにつづく店に目をやりながら歩いた。話の聞けそうな店はないか探したのである。

清川屋の一町ほど先に瀬戸物屋があった。年配の女が、店先に並んだ皿、丼、重鉢などにはたきをかけていた。奉公人ではなく、店のあるじの女房であろう。

「ちょいと、内儀《おかみ》さん、すまねえ」

孫八が声をかけた。

「なんです？」

女は怪訝な顔をした。孫八が客に見えなかったからだろう。

「そこに清川屋ってえ、料理屋があるな」

孫八が指差した。

「清川屋さんが、どうかしたのかい」

女ははたきを手にしたまま訊いた。

「年増が店に入《へえ》っていくのを目にしたんだが、むかし、ちょっとかかわりのあった女のような気がしてな。……女将じゃァねえかな」

「女将さんは、おあきさんだよ」

「おあきか。おれの昔の女とはちがう名だが……」

孫八は首をひねった。

「人違いじゃァないのかい」

女の口元に揶揄《やゆ》するような笑いが浮いた。あんたが、手を出せるような女《ひと》じゃないよ、とでも言いたげである。

「ところで、おあきが、大柄な侍と歩いているのを見たことがねえかい。なに、おれの知ってる女は、大柄な侍とできちまってな。いっしょに暮らしてるかもしれねえんだ」

孫八は、滝田が清川屋にいないかとそれとなく訊いたのである。

「見たことあるよ」

女が孫八に身を寄せ、急に声をひそめて言った。目に好奇のひかりが宿っている。こうした噂話が、好きなようだ。

「やっぱり、おれの知ってる女か」

孫八が、もっともらしい顔をして言った。

「でも、おあきさんとそのお侍だけど、浮いたかかわりじゃァないみたいだよ。……おあきさん、いまも旦那とうまくいってるようだもの」

女が小首をかしげながら言った。

「おあきには、別の旦那がいるのか」

孫八が驚いたような顔をして訊いた。

「いるよ。あの店で、旦那といっしょに暮らしてるんだから」

「どういうことだ」

「おあきさん、一階の奥に住んでるようだよ」

女によると、おあきと旦那は三年ほど前から、清川屋で暮らすようになったという。

「それじゃァ、大柄な侍はどこに住んでるんだい。まさか、おめえ、三人いっしょに同じ寝間で、寝てるなんてえことはあるめえな」

「い、いやだね。……それじゃァ、おあきさんの身がもたないよ」

女が、顔を赤くして言った。目が、卑猥《ひわい》なひかりを宿している。何かよからぬことを想像したらしい。

「三人いっしょじゃァねえのか」

なおも、孫八が訊いた。

「ちがう、ちがう。お侍は、店の裏にある離れに住んでるらしいよ」

「離れがあるのか」

孫八は清川屋の裏手に植木が見えたのを思い出した。そこに、離れがあるのかもしれない。

「前は、馴染《なじ》みの客を入れてたらしいんだけど。すこし古くなって、客は入れなくなったようだよ」

「それにしても、男がふたり住んでちゃァ、揉めるだろうな。おあきの旦那は、なんてえ名だい」

孫八が訊いた。

「為蔵さんと聞いてるよ」

「なに、為蔵だと！」

思わず、孫八の声が大きくなった。

……おあきは、為蔵の情婦《いろ》か！

そういえば、助次が為蔵は料理屋に住んでいると口にしていた。その店が、清川屋らしい。

孫八は、為蔵と滝田のかかわりが読めた。滝田の居所が極楽屋の者に察知されたと気付き、滝田を清川屋の離れにかくまったのだ。

孫八がけわしい顔をして黙考していると、

「なんだい、急に黙りこんじゃって。あたし、店に入るよ」

女はそう言って、孫八のそばから離れた。

孫八は清川屋の方に歩きながら、やっと、滝田と為蔵の塒をつかんだぜ、と胸の内でつぶやいた。

4

「安田の旦那、滝田の居所が知れやしたぜ」

島蔵が、低い声で言った。

極楽屋の奥の座敷だった。島蔵、平兵衛、右京、朴念、孫八、それに嘉吉がいた。孫八が滝田と為蔵の隠れ家をつきとめてきた翌日だった。嘉吉が平兵衛たちの家をまわり、極楽屋に来てほしいと伝えたのである。

「孫八、おめえから話してくれ」

そう言って、島蔵が孫八に顔をむけた。

「中島町の塒に、おあきってえ女があらわれたんでさァ」

そう前置きして、孫八がおあきを尾けたことから清川屋をつきとめたことまでをかいつまんで話した。

「滝田は、為蔵の情婦《いろ》の家に身を隠していたのか」

平兵衛が言った。

「安田の旦那、滝田をやりやすか」

島蔵が、低い声で訊いた。

「どうしたものかな。清川屋に踏み込むか、ふたりが店から出るのを尾けて襲うかすれば、滝田と為蔵は討てそうだが……」

平兵衛は、どうしたものか迷った。滝田と為蔵を討てば、ふたりの背後にいる者たちが姿を消すのではあるまいか。それに、滝田や為蔵がなぜ極楽屋の者や殺し人の命を狙うのか、まったく分かっていなかった。まだ、事件の全貌は深い闇につつまれているのだ。

平兵衛が胸の内を話すと、

「まだ、清川屋に仕掛けるのは早いかもしれませんね。……八丁堀の山名がどうかかわっているかも分かりませんし」

と、右京が言った。

そのとき、黙って聞いていた嘉吉が、

「八丁堀のことで、ちょいと気になることを耳にしたんですがね」

と、言い出した。

「嘉吉、話してみろ」

島蔵が嘉吉に目をむけて言った。

「へい、山名の手先の権八ですが、あっしらのことを探ってるような節《ふし》があるんでさア」

「どういうことだ」

朴念が坊主頭を撫でながら訊いた。

「幸助が仕事帰りに、権八の姿を目にしたんでさァ。権八は要橋のそばに身を隠して、極楽屋に目をむけていたらしいんで。それに、政次郎が仕事帰りに海辺橋の近くで、権八に、安田の旦那や朴念さんのことを訊かれたと言ってやした」

幸助と政次郎は、極楽屋に住んでいる男である。

「そうか。権八が、おれたちのことを探って、滝田たちに伝えていたんだな」

朴念が怒りの色をあらわにした。

「わしも、そう思う。岡っ引きの権八なら事件の聞き込みのふりをして、わしらのことを探ることができるからな」

「すると、権八も滝田や為蔵の仲間ですか」

右京が言った。

「そうみていいが、権八に指図しているのは、同心の山名だろうな」

平兵衛は、山名が滝田や為蔵とつながっているのではないかと思った。

「町方のくせに、賭場の貸元や人殺しと手を組んでいやがったのか。おれが、殴り殺してやる」

朴念が坊主頭を赤くして怒りの声を上げた。

「どうです。先に権八をつかまえて、締め上げてみますか」

島蔵が言った。

「それがいいな」

平兵衛も、まず権八を捕らえて吐かせ、山名のかかわりをはっきりさせるのが先だと思った。

「権八を押さえるのは、おれにやらせてくれ。おれだけだからな、何もしてないのは」

朴念が身を乗り出すようにして言った。

「よし、朴念に頼もう」

そう言って、島蔵が平兵衛と右京に目をやった。朴念にまかせていいか訊いたのである。

平兵衛と右京は、すぐにうなずいた。

その夜の話は、それで終わった。島蔵が酒の用意をしてくれたので、久し振りに平兵衛と右京は極楽屋で飲んだ。

ふたりが店を出たのは、四ツ（午後十時）ちかかった。店の外は深い夜陰につつまれていたが、頭上に弦月がかがやいていたので、提灯はなくとも何とか歩けそうだった。

ふたりは仙台堀沿いの通りに出ると、西に足をむけた。これから、ふたりの家のある本所と内神田まで帰るのである。

静かな月夜だった。頭上の月が仙台堀の水面を照らし、淡い青磁色のひかりでつつんでいた。川岸の蘆荻《ろてき》がかすかに揺れている。

「義父上、われらを尾けている者はいませんかね」

右京が背後に目をやりながら言った。

「今夜は、おるまい。店を出てから、まったくその気配がないからな」

平兵衛は極楽屋を出てから、ずっと辺りに気を配っていたのだ。

「山名は、なにゆえ滝田や為蔵とつながったのでしょうか」

歩きながら右京が訊いた。

「はっきりしたことは分からぬが、金ではないかな」

八丁堀の同心が、賭場の貸元とひそかにつながったとすれば、金しか考えられなかった。当初は、賭場を見逃してやり、その見返りに相応の金を手にしていただけだろう。それがしだいに結び付きが強くなり、滝田や為蔵の依頼で他の情報も流すようになったのではあるまいか。

「いずれにしろ、権八を吐かせればはっきりするだろう」

「そうですね」

ふたりの会話はそこでとぎれ、黙したまま歩いていたが、

「右京」

と、平兵衛が声をかけた。

「なんです」

「滝田と風間は腕がたつ。迂闊《うかつ》に仕掛けるなよ」

平兵衛が言った。物言いは静かだったが、重みのある声である。

平兵衛は殺しにかかるとき、ことのほか慎重だった。臆病《おくびよう》と踏むまでは、なかなか仕掛けない。その臆病とさえ思われる慎重さがあったからこそ、長年殺し人として生きてこられたのだ。

「心得ています」

右京が物静かな声で答えた。ちかごろ、右京の身辺には腕のたつ殺し人らしい凄み

がくわわってきた。月明りのなかに、右京の表情のない白皙《はくせき》が能面のように浮かび上がっている。

……わしが、案ずることはないか。

平兵衛が胸の内でつぶやいた。

5

朴念、嘉吉、猪吉の三人は、猪牙舟で夜陰につつまれた仙台堀を西にむかっていた。深川伊勢崎町にある権八の家を襲い、捕らえるつもりだった。当初、朴念は権八の家を知っている嘉吉とふたりで行くことにしていたが、

……あっしも連れてってくだせえ。

と、猪吉が訴えたので同行してきたのである。猪吉は、組んでいた甚六が殺されたこともあって、極楽屋で凝《じっ》としているのはかえって辛いのだろう。

舟の艫で櫓を漕いでいるのは、嘉吉だった。舟は島蔵が、近くの木場から調達してきたのである。

朴念は黒の筒袖に焦げ茶の裁着袴《たっつけ》姿で、黒布で頰っかむりしていた。嘉吉と猪吉

も、濃紺の腰切半纏に黒股引で、闇に溶ける装束《しょうぞく》に身をつつんでいる。

五ツ（午後八時）ごろだった。堀沿いの道に人影はなく、軒を連ねる表店も夜の帳《とばり》につつまれていた。月明りのなかを、舟は仙台堀の水面をすべるように進んでいく。

海辺橋の下をくぐり、しばらく進んだところで、嘉吉は水押しを右手にむけた。前方にちいさな桟橋があった。猪牙舟が三艘舫ってあり、水面に揺れている。

「舟を着けやすぜ」

嘉吉が声をかけ、水押しを桟橋に近付けた。

船縁が桟橋に付くと、朴念と猪吉は舟から飛び下りた。嘉吉は、舟を舫い杭《ぐい》に繋いでから桟橋に下りてきた。

「こっちでさァ」

嘉吉が先に立ち、短い石段を上って堀沿いの通りに出た。そこは、伊勢崎町である。

朴念たちは仙台堀沿いの道を二町ほど西にむかい、右手の細い路地に入った。小店や表長屋などがごてごてとつづく裏路地である。人影はなくひっそりとしていたが、路地沿いの家からわずかに灯が洩れ、ぼんやりと路地を照らしていた。

嘉吉は路地を一町ほど進んだところで足をとめた。

「やつの塒は、ここでさァ」

嘉吉が斜め前の小店を指差して言った。

飲み屋らしい。店先に、縄暖簾が出ていた。戸口の障子が明らんでいる。店のなかから、かすかに男の濁声《だみごえ》が聞こえた。客がいるらしい。

「まだ、客がいるようだ」

朴念が小声で言った。

「あっしが、様子を見てきやすよ」

嘉吉がそう言い、朴念と猪吉をその場に残し、飲み屋の戸口に近付いた。

嘉吉は店の脇の暗がりに身を寄せ、聞き耳をたてているようだったが、いっときすると朴念たちのそばにもどってきた。

「客はふたりいやす。だいぶ、酔ってるようですぜ」

「権八はいるのか」

朴念が念を押すように訊いた。

「権八もいやす」

嘉吉は、権八と客が言葉をかわしているのを耳にしたという。

だ。

「店にはいないようですが、板場にいるはずですぜ」

嘉吉は、権八がお松《まつ》という女房に飲み屋をやらせていると聞いた覚えがあったのだ。

「女房はいるのか?」

「踏み込みやすか」

猪吉が勢い込んで言った。

「まァ、待て。もうすこし、様子を見よう。店に踏み込んで、客が騒ぎ出すと面倒だからな」

殺し人は、長時間身をひそめて殺しを仕掛ける好機を待つことなど当たり前のことだった。殺し人は失敗が許されない。失敗すれば、己の命を失うことになるのだ。それに、客まで殺すわけにはいかなかった。

朴念たちは、店仕舞いした店の脇の暗闇に身を隠した。三人は闇に溶ける装束に身をつつんでいたので、通行人に気付かれる恐れはない。

それから、半刻(一時間)ほど過ぎたろうか。男の濁声が聞こえ、戸口の腰高障子があいた。

ふたりの男が、縄暖簾を分けて通りに出てきた。職人であろうか。ふたりとも、丼《どんぶり》（腹がけの前隠し）に股引姿だった。ふたりはだいぶ酔っているらしく、腰がふらついていた。

ふたりにつづいて、もうひとり顔を出した。前だれをかけていた。小太りで、赤ら顔である。

「権八です」

嘉吉が声を殺して言った。

権八は戸口に出て来ると、ふたりの客に、「気をつけて帰れよ」と声をかけ、店先にかかっている縄暖簾に手を伸ばした。店仕舞いする気らしい。

「いくぜ」

言いざま、朴念は店屋の脇から路地に飛び出した。

足音を消して、飲み屋の店先に近付いていく。巨漢のわりに動きは敏捷で、足音もたてない。その黒ずくめの姿には、迫力があった。獲物に迫る黒い巨熊のようである。嘉吉と猪吉も、朴念の後につづいた。

権八が、縄暖簾を手にして店に入った。そして、後ろ手に腰高障子をしめようとしたとき、その戸をこじあけるようにして、朴念が店に踏み込んだ。

権八はギョッとしたように立ちすくみ、すぐ脇に朴念が立っているのを見ると、

「だ、だれだ！」

と、ひき攣ったような声を上げた。

「地獄の鬼だよ」

言いざま、朴念は握り拳を権八の腹にたたきつけた。当て身である。朴念は権八を生け捕りにするつもりだったので、手甲鈎を嵌《は》めていなかった。

グッ、と喉のつまったような呻き声を上げ、権八がその場にうずくまった。

朴念はすばやく権八の後ろにまわり、両腋に腕を差し入れて、店から外に引き摺り出した。店にいる権八の女房に見られないようにしたのである。

「こいつに、猿轡をかませろ」

朴念が声を殺して言った。

「へい」

手早く、猪吉が権八に猿轡をかました。

つづいて、嘉吉が権八の両腕をとって縛り上げた。

「あとは、おれにまかせろ」

そう言うと、朴念は権八の腋に腕を差し込み、軽々と抱え上げた。怪力である。舫ってある舟まで連れていくのだ。

6

「権八、おまえのお蔭で、四人も殺られたのだ」

朴念が、大きな目で権八を睨みながら言った。

極楽屋の奥の座敷だった。権八を捕らえた朴念たちは、そのまま権八を極楽屋に連れ込んだのだ。

座敷には島蔵もいた。朴念たちが権八を店に連れてくると、いっしょに奥の座敷に入ってきたのである。

「し、知らねえ。おれは、何のことか分からねえ」

権八が声を震わせて言った。恐怖で、顔が紙のように蒼ざめている。権八の猿轡は取ってあったが、両腕は後ろに縛られたままである。

「隠してもだめだ。おれたちは、おまえが何をしてきたか、みんな分かってるんだ」

「お、おれは、知らねえ」

そう言うと、権八は顔を伏せてしまった。

「しらをきる気か。それじゃァ、地獄の拷問《ごうもん》を味わってもらうかな」

そう言うと、朴念は懐から革袋に入っている手甲鈎を取り出して、右手に嵌めた。

「権八、おまえ、鬼の爪を見たことがあるかい」

朴念は、権八の顔の前に手甲鈎の長い爪を突き出した。

「……！」

権八の顔が、恐怖でひき攣った。腕に鳥肌が立ち、体が激しく顫え出した。

「痛《いて》えぜ」

朴念は爪を権八の胸に当てると、いきなり着物の上から引き下ろした。

バリ、バリ、と音がし、権八の単衣が切り裂かれ、あらわになった胸倉に四本の血の線がはしった。

ギャッ！と凄まじい絶叫を上げ、権八は激しく身をよじった。胸板に血の線が刻まれ、血が噴き出し、赤い簾《すだれ》のように流れ落ちた。

「どうだい、話す気になったかい」

「…………」

権八は口をつぐんだまま、ハァ、ハァと荒い息を洩らしている。

「まだ、話す気になれねえのか。それじゃァ、次だな」

そう言うと、朴念は手甲鈎の爪を権八の額に当てた。

「よ、よせ！」

権八は顔を後ろに引いて、四本の爪から逃れようとした。

すばやく、嘉吉と猪吉が権八の両肩をつかんで押さえ付けた。

「おい、顔を引き裂かれてもいいのか。顔に傷が付くだけじゃァすまないぞ。目玉は飛び出し、口も裂ける」

朴念は手甲鈎の爪を権八の額に当てたまま言った。

ヒッ、と権八がかすれたような悲鳴を上げたが、まだ、しゃべるとは口にしなかった。

「よし、顔を引き裂いてやる」

言いざま、朴念がすこしだけ手甲鈎を引き下げた。

権八の額の皮膚《ひふ》が破れ、血が顔面を滴《したた》り落ちた。

「た、助けて！」

「しゃべるか」

「しゃ、しゃべる！」

権八が声を震わせて言った。

「はじめからそうすりゃァ、痛い目をみずに済んだんだ」

朴念は手甲鈎を下ろした。

権八は蒼ざめた顔で、ハァ、ハァと荒い息を吐いた。その顔に、額から流れ出た血が、赤い筋を引いている。

「権八、極楽屋やおれたち殺し人のことを探って滝田たちに知らせたな」

朴念が声をあらためて訊いた。

「お、おれは、そうしろと言われたんだ」

「だれに言われた？」

「い、言えねえ」

「てめえ、顔を引き裂かれたいのか」

朴念が手甲鈎を嵌めた右腕を伸ばした。

「は、八丁堀の旦那だ！」

権八がひき攣ったような声で言った。

「山名だな」

「…………」

権八は、がっくりと首を垂らした。うなずいたらしい。

そのとき、脇で黙って聞いていた島蔵が、

「山名はだれかに頼まれたはずだが、頼んだのは、だれだい」

と、低い声で訊いた。

「頭巾の旦那だ」

権八は首をすくめ、小声で答えた。

「頭巾の旦那だと！　そいつの名は？」

島蔵が声を大きくして訊いた。

「名は知らねえ。八丁堀の旦那もおれたちも、頭巾の旦那と呼んでるんだ」

権八が話したところによると、その男は名乗らず、いつも頭巾をかぶっていて顔を見せないという。

「どうして、頭巾などかぶってるんだ」

島蔵の声に、苛立ったようなひびきがくわわった。

「為蔵の子分に聞いたんだが、頭巾の旦那は堀際から落ちたとき、顔に怪我したそうだ。それで、顔を隠してるらしい」

「堀際から落ちただと」

島蔵は、だれか分からなかった。

「おまえも、そいつに会ったことがあるのか」

島蔵に代わって朴念が訊いた。

「おれは、一度姿を見かけたことがあるだけだ。話をしたこともねえ」

「そいつは、武士か。それとも、町人かい」

顔は見えなくても、身装《みなり》で分かるはずである。

「町人のようだ。大店の旦那ふうだったな」

権八が目にしたその男は、上物の絽羽織に細縞の小袖姿だったという。

「そいつが、為蔵に指図してるんじゃねえのか」

島蔵が権八を見すえて訊いた。

「そうらしい」

「頭巾の旦那が、大親分てえわけか」

島蔵は、頭巾の旦那と呼ばれる男が黒幕だと確信した。極楽屋の者や殺し人を始末するように指図しているのも、その男であろう。

「それで、山名はその男に、おれたちのことを探るように頼まれたのだな」

島蔵が、さらに訊いた。

「そうだ」

「山名とそいつは、いつごろからつながってるんだい」

「二年ほど前《めえ》だ。……八丁堀の旦那が、女を囲うようになってね。金がかかるようになり、ちょいと、都合してもらったのが初めのようだぜ」

権八の口元に薄笑いが浮いたが、すぐに消えた。額と胸の傷が痛むのだろう。

「そんなことだろうと思ったぜ」

朴念が吐き捨てるように言った。

「おまえ、その男を見かけたことがあると言ったな」

島蔵が訊いた。

「ああ」

「どこで見た」

島蔵は、男のいた場所から手繰《たぐ》れるのではないかと思ったのだ。

「八幡さまの門前通りにある松島屋の前だ。通りかかったとき、店から出てきたのを見かけたのだ。そばに為蔵がいたので、すぐに分かった」

権八がそう言ったとき、

「親爺さん！　その店だぜ」

と、猪吉が声を上げた。

「佐之吉と鳥造が、入《へえ》った店だ」

「どうやら、松島屋は一味と何かかかわりがあるようだ。……権八、山名は松島屋で頭巾の男や為蔵たちと会ってたんじゃァねえのか」

島蔵が訊いた。

「おれは、店に入ったことがねえから分からねえが、山名の旦那は松島屋で一杯やることはあったぜ」

「まちげえねえ。松島屋で会ってたんだ」

島蔵が声を大きくして言った。

朴念と嘉吉もうなずいた。松島屋が一味の密談場所になっていると確信したのだろう。

「ところで、風間という牢人を知らねえか」

島蔵が声をあらためて訊いた。

「知ってるよ。風間の旦那は、いつも頭巾の旦那といっしょにいるようだ」

「用心棒か」

頭巾の旦那と呼ばれる男のそばにいるとなると、用心棒であろう。ただ、殺しにも手を出しているようだ。

「滝田の旦那より腕はたつようだぜ」

権八によると、頭巾の男は、風間のことを風神の旦那と呼んで頼りにしているという。

島蔵は風間が風神と呼ばれていることを知っていたので、

「風間の塒は？」

と、訊いた。知りたいのは、風間の居所である。

「知らねえ。おれは、話したこともねえからな。頭巾の旦那のところにいるんじゃァねえかな」

「うむ……」

島蔵は、頭巾の旦那と呼ばれる男が何者であるか分かれば、風間の居所も知れるだろうと思った。手掛かりは、松島屋である。

それから、佐之吉と鳥造のことも訊くと、佐之吉は頭巾の旦那の子分で、鳥造は為蔵の子分だとはっきりした。

島蔵たちの訊問《じんもん》が一段落したとき、

「おれをどうする気だ」

と、権八が訊いた。哀願するような目をしていた。額と胸の出血はとまっていたが、傷のまわりが赤く腫れている。

「簀巻きにして、大川に流すか」

朴念が口元に薄笑いを浮かべて言った。

「た、助けてくれ。……おれは、知ってることをみんな話したじゃァねえか」

権八が声を震わせて言った。

「冗談だ。しばらく、極楽を味わわせてやるよ。まだ、地獄に送るのは早えからな」

そう言って、島蔵がニタリと笑った。

島蔵は、権八を監禁しておこうと思った。これから先、権八から話を聞くことが出てくるのではないかとみたのだ。

7

「そろそろ、頭巾の旦那が顔を出すころだな」

為蔵が銚子を手にし、脇にいる佐之吉に酒をつぎながら言った。

そこは、松島屋の二階の奥の座敷だった。燭台の火に三人の男が照らし出されていた。為蔵、滝田、それに佐之吉だった。

為蔵は子分たちから、岡っ引きの権八が姿を消したことを耳にし、今後のことを頭巾の旦那と呼ばれる親分と相談するために松島屋に来ていたのである。

「女将さんが、すぐに来ると言ってやしたぜ」

佐之吉が杯で酒を受けながら言った。

女将さんというのは松島屋の女将で、名はお仙《せん》である。

「岡っ引きのひとりぐらい、姿が見えなくなっても慌てることはあるまい」

滝田が赭黒い顔で言った。酒気で顔がさらに赤らんでいる。

「まァ、そうだが、親分の耳に入れとかねえとな」

為蔵がそう言ったとき、廊下を歩く複数の足音が聞こえた。

「来たようですぜ」

佐之吉が、廊下側の障子に目をやって言った。

障子があいて、姿を見せたのは、色白の年増だった。うりざね顔で、切れ長の目をしている。妖艶《ようえん》な感じのする女だった。女将のお仙である。

お仙につづいてふたりの男が座敷に入ってきた。ひとりは、黒縮緬《くろちりめん》の気儘《きまま》頭巾をかぶっていた。大柄ででっぷり太っている。

気儘頭巾は錣《しころ》をつけ、目の部分だけあけたものである。ただ、男のかぶっている頭巾は前に垂れた錣が鼻のあたりから左右にひらき、鼻梁と口の部分もあけてあった。頭巾をかぶったまま飲み食いできるようにそうしたらしい。この男が、頭巾の旦那と呼ばれている男であろう。

もうひとりは、総髪の武士だった。牢人らしい。痩身で撫で肩、面長で細い目をしていた。この牢人が風間泉十郎である。

「おふたりも、座ってくださいな」

そう言って、お仙が頭巾の男をあいている正面に、その脇に風間を座らせた。

お仙は頭巾の男と風間に酒をついだ後、座敷にいた為蔵たちのところにもまわって、ひととおり酌《しやく》をすると、

「話が済んだら、また、うかがいます」

と言い残して、座敷から出て言った。これから、男たちだけの密談があると承知しているようだ。

廊下を歩くお仙の足音が聞こえなくなると、

「為蔵、何か話があるそうだな」

と、頭巾の男が低い声で訊いた。

「へい、親分の耳に入れておきてえことがありやして」

為蔵は、子分らしい物言いをした。

「話してみろ」

「岡っ引きの権八が、四、五日前から姿を消しちまったんでさァ」

「うむ……」

男の表情は分からなかったが、為蔵にむけられた目がひかったように見えた。

「極楽屋の者たちに、つかまったのかもしれやせん」

為蔵が渋い顔をして言った。

「おれたちのことが、権八の口から洩れるというわけか」

「へい」

「そうだろうな。権八の口から、八丁堀とのかかわりも知れちまうな」

頭巾の男の物言いは、平静だった。顔の表情は分からないが、動揺した様子はなかった。

風間も表情のない顔をして、手酌で酒を飲んでいる。

「為蔵、いずれおれたちのことは知れると読んでたさ。だからこそ、殺し人を先に始末したかったのだ」

頭巾の男が言うと、

「まだ、始末したのはひとりだけだぞ。残っているのは、人斬り平兵衛、片桐右京、それに朴念だ」

と、風間が抑揚《よくよう》のない声で言った。

どうやら、殺し人のことをつかんでいるようだ。

「三人を始末しねえと、いずれ、おれたちの首が飛ぶ」

そう言って、頭巾の男が座敷にいる男たちに視線をまわした。

「親分、極楽屋に押し込んだらどうです。風間の旦那と滝田の旦那、それにあっしら十人ほどで押し込めば、皆殺しにできますぜ」

佐之吉が言った。

「だめだな。おれが頭巾をかぶるようになる前に、極楽屋を襲ったことがあるのだ。そのとき、始末したのは雑魚《ざこ》が二、三匹だけで、大物はみんな逃げられた。それに、大勢殺られたのはこっちだ」

頭巾の男が言うと、

「極楽屋は場所が悪い。押し込んでも、家から飛び出してまわりの笹藪のなかにもぐり込まれると、追いようがねえんだ」

と、為蔵が渋い顔をして言い添えた。

次に口をひらく者がなく、座が重苦しい沈黙につつまれると、

「相手は、殺し人の三人だけではないのか」

風間が他人事のように言った。

「まァ、そうだ。三人さえ始末すれば、後の雑魚は怖くねえからな」

と、頭巾の男。

「おれと滝田で、三人は片付けるさ」

そう言って、風間が滝田に顔をむけると、

「まかせておけ。まず、朴念をやろう。あいつにはおしいところで逃げられたからな」

と、滝田が声を大きくして言った。

「あっしも、お手伝いしやすぜ」

佐之吉が脇から口をはさんだ。

「頼むぜ。あいつらが生きているうちは、おれの傷が疼《うず》くんだ」

そう言って、頭巾の男は指先で頭巾の上から頬のあたりを撫でた。

話が一段落したとき、頭巾の男が、

「為蔵、お仙に話してな、風間の旦那たちに渡す物を持ってこい」

と、小声で言った。

「承知しやした」

為蔵は腰を上げると、すぐに座敷から出ていった。

いっときすると、為蔵は袱紗《ふくさ》包みを手にしてもどってきた。そして、頭巾の男に手渡した。

頭巾の男は袱紗包みを膝先に置いてひらいた。切り餅が四つ入っていた。切り餅ひとつ二十五両。都合百両である。

「これは、殺し人たちを始末する追加の金と思ってくれ。……むろん、これとは別に殺し人ひとり頭、百両出す」

そう言うと、頭巾の男は切り餅をふたつずつ、風間と滝田の膝先に置いた。

どうやら、頭巾の男は、風間と滝田に平兵衛たち殺し人の始末をひとり頭百両で頼んであったらしい。風間たちは殺し人ではないだろうが、殺し人の殺しを金で引き受けたようだ。

「もらっておく」

滝田が切り餅をつかんだ。

風間も、無言で切り餅を手にして懐に入れた。

「さァ、今夜はゆっくり飲んでくれ」

そう言って、頭巾の男が手をたたいた。これで、話は終わったということらしい。

第五章　同心斬り

1

　栈橋の杭に当たる流れの音が、絶え間なく聞こえていた。

　淡い夕闇のなかで、大川の川面は黒ずみ、無数の波の起伏を刻みながら永代橋の彼方まで広漠とつづいている。

　すでに、暮れ六ツ（午後六時）を過ぎていた。日中は、猪牙舟、茶船、屋根船などが盛んに行き交っているのだが、いまは船影もなかった。荒涼とした川面の先には、対岸の日本橋の家並が茫漠とひろがっている。

　そこは、深川佐賀町だった。

　栈橋に舫ってある猪牙舟のなかに、平兵衛と右京の姿があった。ふたりは、川沿いの通りからは見えないように舳先ちかくの船底に腰を下ろしていた。

「義父上、山名は来ますかね」

右京が声を大きくして言った。ちいさな声では、杭を打つ流れの音に掻き消されてしまうのだ。

「来るはずだがな」

平兵衛と右京は、山名の様子を見にいった孫八と嘉吉がもどるのを待っていたのだ。

朴念たちが権八を捕らえ、極楽屋で話を聞いてから四日経っていた。この間、孫八、嘉吉、猪吉、勇次の四人で交替して北町奉行所、定廻り同心、山名仙之助の尾行をつづけ、山名が囲っている妾《めかけ》の家をつきとめた。妾宅は、深川佐賀町の大川端から路地に入って一町ほどのところにあった。

さらに、孫八たちは尾行をつづけ、山名が市中巡視を終えると、いったん八丁堀の組屋敷にもどり、御家人ふうに身を変えて妾宅に立ち寄っていることが分かった。山名も八丁堀ふうの格好で、妾宅に出入りするのは気が引けたのだろう。

孫八から山名の行動を知らされた平兵衛は、

「すぐに、山名を始末しよう」

と、肚《はら》をかためた。

「それがいい」

島蔵もすぐに同意した。

平兵衛と島蔵は、内心山名を恐れていたのだ。それというのも、山名が為蔵たちとの関係が露見するのを恐れ、先に手を打ってくる可能性があったからだ。

罪状は極楽屋に出入りする者たちの喧嘩でも、盗みでもなんでもいい。町方同心の山名なら、もっともらしい罪を捏造《ねつぞう》して捕方をさしむけ、極楽屋の者たちを捕らえることができるのだ。

平兵衛は孫八と嘉吉の手を借りて、山名を始末しようと思っていたが、極楽屋に居合わせた右京が、

「わたしも行きますよ」

と言い出したので、同行してきたのである。

平兵衛は山名を斬れると踏んでいたが、できれば斬る前に山名から訊きたいこともあった。山名を生きたまま捕らえるには、右京の力も必要だった。

「義父上、嘉吉ですよ」

右京が伸び上がるようにして通りに目をやった。

通りの先に、走ってくる嘉吉の姿が見えた。山名が、姿を見せたのかもしれない。

平兵衛と右京は、すぐに舟から桟橋に下りた。

短い石段を駆け下りた嘉吉は、荒い息を吐きながら、

「き、来やした、山名が」

と、声をつまらせて言った。

「女のいる家に入ったのだな」

平兵衛が訊いた。

「へい」

「孫八は？」

「家を見張っていやす」

「そうか。……すぐには、家を出まいな」

平兵衛は孫八から、山名は妾の家に小半刻（三十分）ほどいただけで帰る時もあれば、一刻（二時間）ほどいるときもあると聞いていた。ただ、妾宅に泊まることはないようだという。孫八と嘉吉が、近所を歩いてそれとなく聞き込んだらしい。

「ともかく、様子を見てみますか」

右京が言った。

「そうしよう」

平兵衛と右京は、嘉吉について桟橋から川沿いの通りに出た。

大川端を下流にむかっていっとき歩くと、

「こっちですぜ」

と言って、嘉吉が左手の細い路地に入った。

そこは裏路地で、店仕舞いした小体な店や表長屋などが軒を連ねていた。夕闇につつまれ、ひっそりとしている。路地には、ぽつぽつと人影があった。居残りで仕事をしたらしい職人や酒屋で一杯ひっかけたらしい若い衆などが通り過ぎていく。

路地を一町ほど歩くと、嘉吉が足をとめ、

「その家の陰に、孫八さんがいやす」

と、斜向かいにある店仕舞いした店を指差して言った。

八百屋らしい。店の脇に古い漬物樽が置いてあった。その樽の陰に人影がある。孫八のようだ。

平兵衛たちが孫八のそばに身を寄せると、

「その店の三軒先が、女の家でさァ」

孫八が向かいの小店を指差して言った。

小店の三軒先に、仕舞屋があった。通りに面した戸口は、板戸がしめてあった。家の脇の障子がほんのりと明らんでいる。

「山名は家に入ったままか」

平兵衛が訊いた。

「へい、いまごろ女とうまいことやってるんでしょうよ」

孫八が口元に薄笑いを浮かべて言った。

「踏み込みますか」

右京が小声で訊いた。

「踏み込むと、騒ぎが大きくなるな」

女が騒ぎたてるだろう、と平兵衛は思った。女を斬って山名を捕らえたとしても、山名を舟まで連れていく間に人目に触れる恐れがある。

「孫八、山名はこの家を出た後、八丁堀に帰るのだな」

平兵衛が念を押すように訊いた。

「そのはずでさァ」

「とすれば、大川端へ出るはずだ」

八丁堀へ帰るには、大川端の道に出て永代橋を渡らなければならない。

「わしらは、大川端で待とう。孫八と嘉吉はこの場にいて、山名が家を出たら知らせてくれ」

「承知しやした」

孫八が答えると、嘉吉もうなずいた。

平兵衛と右京は、八百屋の脇から通りに出て大川端に足をむけた。

2

平兵衛と右京は、大川端の柳の陰に身を隠した。そこは、山名の妾宅につづく路地から一町ほど川下だった。山名が八丁堀に帰るときに通る道筋である。

大川端は、夜陰につつまれていた。通り沿いの表店は店仕舞いして、洩れてくる灯もなくひっそりとしていた。通りに人影はなかった。ときおり、酔った男や夜鷹《よたか》そばなどが、通りかかるだけである。

大川の川面は月光を映じて、青磁色の淡いひかりにつつまれていた。滔々《とうとう》とした流れが、永代橋の黒く霞《かす》んだ橋梁の彼方までつづき、深い闇のなかに呑み込まれている。汀に寄せる波音と低い地鳴りのような流れの音が絶え間なく聞こえていた。

「そろそろだな」

平兵衛がつぶやくような声で言った。

「わたしが、峰打ちで仕留めましょうか」

右京が小声で訊いた。

「そうしてくれ」

峰打ちで仕留めるのは、右京の方が上だった。一瞬の体捌きが、平兵衛より迅かったのである。

そのとき、夜陰のなかで足音が聞こえ、走り寄る黒い人影が見えた。嘉吉である。

「来たようだ」

平兵衛と右京は樹陰から通りに出た。

嘉吉は走り寄ると、

「山名が来ます！」

と、声を殺して言った。闇のなかで、嘉吉の瞠《みひら》かれた両眼が、白く浮き上がったように見えた。嘉吉も気が昂っているようだ。無理もない。八丁堀同心を捕らえようというのである。

「孫八はどうした？」

「山名の後ろからくるはずです」

「そうか」

おそらく、山名をやり過ごして背後から尾けてくるのだろう。

「わしらも、身を隠そう」

ふたたび、平兵衛たちは岸際の柳の樹陰に身を隠した。

待つまでもなく通りの先で足音が聞こえ、淡い月光のなかに武士体の男がひとり、ぼんやりと浮かび上がった。山名のようだ。羽織袴姿で二刀を帯びていた。八丁堀ふうではなく、御家人ふうに身を変えている。

山名は足早に平兵衛たちに近付いてきた。

山名が目の前に近付くのを待って、右京が通りに飛び出した。つづいて、平兵衛が山名の背後にまわり込んだ。

山名が、ギョッとしたように立ちすくんだが、飛び出してきた男が武士と気付くと、

「つ、辻斬りか！」

と、ひき攣ったような声で言った。

「片桐右京」

右京が静かな声で言った。表情は変わらなかったが、山名を見すえた双眸《そうぼう》が切っ先のようにひかっている。

「こ、殺し人か！」

山名は、背後にまわった平兵衛にも目をやった。

「人斬り平兵衛……」

山名の顔が恐怖にゆがんだ。どうやら、山名は平兵衛と右京の正体を知っているようだ。頭巾の旦那と呼ばれる男から聞いていたのだろう。

右京は無言で刀を抜いた。

「お、おれを、斬る気か」

山名が声を震わせて言った。

「斬りはせぬ」

言いざま、右京が刀身を峰に返し、低い八相に構えた。

「……！」

山名は腰の刀に手をかけたが、抜かなかった。体が顫え、腰が引けている。腕に覚えはないようだ。

つつつッ、と右京が山名に身を寄せた。すばやい寄り身である。

「よ、よせ！」

山名は後じさりした。

右京が一足一刀の間境に迫ると、山名は反転して逃げようとした。

タアッ！

右京が鋭い気合とともに踏み込み、刀身を一閃させた。

ドスッ、というにぶい音がし、山名の上半身が折れたように前にかしいだ。右京の峰に返した刀が、山名の腹に食い込んでいる。

グッ、と山名は喉のつまったような呻き声を上げ、両手で腹を押さえてその場にうずくまった。

右京はすばやく切っ先を山名の喉元につけ、

「縄をかけろ」

と、その場に走り寄った孫八と嘉吉に声をかけた。

ふたりは、すぐに山名に猿轡をかまし、両腕を後ろに取って縄をかけた。

「舟まで連れていってくれ」

平兵衛が、孫八と嘉吉に頼んだ。

「へい」

ふたりは山名の左右にまわり、両腕をとって山名を立たせると、引き摺るようにして舟が繋いである桟橋まで連れていった。

山名を舟に乗せると、嘉吉が艫に立って桟橋から水押しを下流にむけた。舟は川面をすべるように下っていく。

すでに、五ツ（午後八時）は過ぎているだろう。大川の川面に船影はなかった。夜陰のなかに、黒ずんだ川面が永代橋の彼方までつづいている。

「どこまで、行きやすか」

嘉吉が櫓を手にしたまま大声で訊いた。大きな声でないと、流れの音に掻き消されてしまうのだ。

「佃島《つくだじま》の近くに、舟のとめておけるところはないか」

平兵衛が訊いた。

「浅瀬がありやす」

「流れは静かか」

平兵衛は流れの音に訊問を邪魔されたくなかったのだ。

「へい」

「そこへ行ってくれ」

3

大川の川面に佃島が黒々と横たわっていた。佃島の岸辺近くに、かすかな灯の色があった。住民たちの家々から洩れる灯である。

平兵衛たちは、その佃島の左手にまわり、流れのゆるやかな浅瀬で舟をとめた。所々に杭が打ってあった。佃島の漁師が魚介の漁をするために、舟をとめておく杭かもしれない。

「ここにとめやす」

嘉吉が声をかけ、舫い綱を杭にかけた。

平兵衛は山名の前の船梁に腰を下ろすと、

「孫八、猿轡をとってくれ」

と、頼んだ。

すぐに、孫八は山名の猿轡をとった。後ろ手に縛った細引はそのままである。

「お、おれを、どうする気だ」

山名が訊いた。恐怖で顔が蒼ざめ、体が顫えている。

「まず、話を聞かせてもらおうか」

「お、おまえたち、おれは町奉行所の同心だぞ。こんなことをして、許されるとでも思っているのか」

山名が平兵衛を睨みながら言ったが、声はうわずっていた。視線も、怯《おび》えるように揺れている。

「その町奉行所の同心が何をした」

平兵衛の顔から人のよさそうな表情は消えていた。顔がひきしまり、双眸が夜陰のなかで底びかりしている。人斬り平兵衛と恐れられた殺し人の顔である。

「…………」

山名は口をつぐんで視線をそらせた。

「山名、為蔵たちから金をもらって、わしらのことを探って知らせていたな」

平兵衛が低い声で訊いた。

「知らん」

「うぬが、何と答えようと、わしらはどうでもいいのだ。それに、権八と、為蔵の子分の助次がみんな話しているのでな」

「……！」

山名の顔が困惑したようにゆがみ、肩先が小刻みに震え出した。言い逃れできないと思ったのだろう。

「頭巾の旦那と呼ばれている男がいるが、何者なのだ」

平兵衛が山名を見すえて訊いた。真っ先に、山名から聞き出したいことだった。

山名は戸惑うように視線を揺らしていたが、

「おまえたちが、手にかけた男だ」

と、上目遣いに平兵衛と右京を見ながら言った。

「わしたちが、手にかけた男だと」

平兵衛が聞き返した。

「頭巾は、掘割から落ちたときの顔の傷を隠すためだそうだ。……肩から胸にかけても、刀傷があるらしい」

山名がそう言ったとき、

「稲左衛門か！」

と、右京が声を上げた。

右京は肩から胸にかけて刀傷があると聞いて思い出した。

だいぶ前のことだが、右京は平兵衛たちとともに稲左衛門の隠れ家を襲い、逃げようとする稲左衛門を斬ったのだ。

そのとき、右京は稲左衛門を掘割際まで追いつめ、袈裟に斬りつけた。

稲左衛門は絶叫を上げ、上体を後ろにそらした。その拍子に、稲左衛門は体勢をくずして堀際から落下した。稲右衛門の体は土手を転がり、茅や蘆をなぎ倒して水のなかまで落ちた。

右京の手には稲左衛門を斬った手応えが残っていたが、稲左衛門を仕留めたという自信がなかったので、帰りに掘割を舟で通り、死体を探したが見つからなかった。ただ、死体が流れてしまったとも考えられ、夜のことでもあったので、右京たちはそのまま引き上げたのだ。

その後、稲左衛門の消息はまったく知れず、姿を見かけたという者もいなかった。

「稲左衛門は、生きていたのか」

平兵衛の顔にも驚きの色があった。

稲左衛門は剝《は》がしの稲左《とうざ》と呼ばれ、深川一帯を縄張にしていた親分だった。高利貸しだった男で、情け容赦《ようしゃ》なく貸した金を取り立て、金が返せなくなると、病人が寝ている布団まで剝いでいくことから、剝がしの稲左との異名があった。ただ、稲左衛門は高利貸しだけでなく、主だった子分に賭場をやらせたり、女郎屋をやらせたりして大金を手にしていたのだ。

「そうか。為蔵は前から稲左衛門の子分だったのか」

おそらく、掘割に落ちた稲左衛門は、右京や平兵衛たちが帰るまで、堀際に群生していた蘆のなかに身を隠していたのだろう。そして、堀から這い上がり、近くに住んでいた子分の許に逃れ、傷の手当をしたにちがいない。その後、表には姿を見せず、残っている子分たちをひそかに集め、子分たちに金貸しを始めさせたり、賭場をひらかせたりしたにちがいない。

「稲左衛門なら、何とか殺し人を始末しようと考えるだろうな」

平兵衛が言った。稲左衛門は、殺し人たちを恐れているにちがいない。大金を手にし、子分たちにとりまかれていても、殺し人たちがいては表には出られないだろうし、生きた心地もしないだろう。

……頭巾で顔を隠していたのはそのせいか。

稲左衛門は、顔の傷を隠すだけでなく、己が生きていることも隠さねばならなかったのだ。

平兵衛が黙考していると、

「丸富屋と細川屋から金を脅しとろうとしたのも、稲左衛門の差し金か」

と、右京が山名に訊いた。

「…………」

山名がちいさくうなずいた。

「場所は賭場だが、高利で金を貸し付けて脅し取る手口は稲左衛門のものだ。稲左衛門は、そうやって大金を手にし、その金で滝田や風間を雇ったにちがいない」

平兵衛が言った。此度の件の黒幕は、稲左衛門だったのだ。

「ところで、稲左衛門の隠れ家はどこだ」

平兵衛が声をあらためて訊いた。

「隠れ家は知らん。あの男、用心深い男でな。子分たちにも、居所は知らせないようだ」

「子分たちの指図は、どうやっていたのだ」

身を隠していても、主だった子分に会わないわけにはいかないだろう。

「その都度《つど》、料理屋に集めて指図していたようだ」

「松島屋か」

「そうだ」

山名は驚いたような顔をした。松島屋のことまで、平兵衛たちにつかまれているとは思わなかったのだろう。

「松島屋の女将は、稲左衛門の情婦《いろ》だな」

平兵衛は、以前も稲左衛門は料理屋の女将を情婦にし、その店を子分たちとの連絡場所にしていたのを思い出したのだ。

「そうらしい」

山名がつぶやくような声で言った。

「稲左衛門の隠れ家は、松島屋の近くかもしれん」

稲左衛門は己の正体がばれないように頭巾で顔を隠し、子分たちにさえ、名も住居も知らせなかったのだ。それほど用心していた男が、松島屋まで遠方から行き来しているはずはないのだ。

平兵衛と右京が口をとじていると、

「おれの調べは終わったようだな」

と、山名が上目遣いに平兵衛を見ながら訊いた。

「終わったよ」

平兵衛が低い声で言った。

「それなら、家に帰してくれ。おまえたちのことは、目をつぶる。稲左衛門とも、縁を切るつもりだ」

「山名、わしらは殺し人でな。稲左衛門以上に八丁堀のおぬしが生きていては、枕を高くして眠れないのだ」

「なに！」

山名の表情が、凍りついたようにかたまった。

「おぬしを舟でここまで連れてきたのは、なぜだと思う」

平兵衛は立ち上がって来国光を抜いた。

「……！」

山名の顔から血の気が引いた。

「ここから大川に投じれば、死体は揚がらぬ。この川は、冥府《めいふ》の入り口だよ」

平兵衛は切っ先を山名にむけた。

「よ、よせ！」

山名が腰を浮かせて後ろへ逃げようとした。

刹那、平兵衛の来国光がきらめいた。

次の瞬間、刀身が山名の胸に深々と突き刺さった。

4

山名を始末した翌日、平兵衛たち殺し人と手引き人が、極楽屋の奥の座敷に集まった。

平兵衛が山名から聞き取ったことを話した後、

「稲左衛門は生きていたのだ」

と言い添えると、島蔵をはじめとする男たちの顔に驚きの色が浮いた。だれもが、稲左衛門は死んだと思っていたからだ。

「わたしが仕留めなかったのが、いけなかったのだ」

右京がすまなそうな顔をして言った。

「片桐の旦那のせいじゃァねえ。おれたちが、稲左衛門の死体を探さなかったのがいけねえんだ」

孫八が言うと、その場にいた男たちもうなずいた。

「生きていたのなら、これから始末すればいい」

島蔵が語気を強めて言った。

「まず、稲左衛門の居所をつきとめねばならないが、手がかりは松島屋だ。松島屋を見張っていれば、かならず姿をあらわす」

平兵衛が、一同に視線をまわして言った。いつになく、物言いに強いひびきがあった。

「あっしらが、つきとめやすぜ」

と、孫八。

「よし、手引き人総出であたってくれ」

島蔵が孫八たちに目をやって言った。

「おれたちは、どうする。稲左衛門の居所が分かるまで待つのかい。先に、為蔵と滝田を片付けたらどうだい。ふたりの塒は知れてるんだからな」

朴念の顔には不服そうな色があった。すぐにでも、仕掛けたいのだろう。

「そうだな。為蔵はともかく、滝田だけは先に始末した方がいいな。いつ、わしらの命を狙ってくるかしれんからな」

平兵衛が言った。滝田と風間は、殺し人の命を狙っているはずである。

「おれにやらせてくれ」

朴念が目をひからせて言った。

「だが、滝田ひとりを狙うのは、むずかしいぞ」

清川屋には、為蔵や子分もいるとみなければならない。清川屋の近くで待ち伏せるにしても、佐之吉や鳥造たちがいっしょにいることが多いのではあるまいか。

そのとき、黙って平兵衛たちのやり取りを聞いていた猪吉が、

「あっしにも、手伝わせてくだせえ。甚六兄いの敵討ちじゃァねえが、風間や滝田には借りがあるんだ」

と、訴えるような口調で言った。

「猪吉、頼むぜ」

朴念が言った。

「わたしにも、手伝わせてくれ。……わたしが稲左衛門を討ち損じたせいで、甚六が殺られたと言えなくもないからな」

右京の胸の内には、滝田といっしょに為蔵の子分たちがいれば、朴念と猪吉だけでは返り討ちに遭うかもしれないとの読みがあったのだ。

「片桐の旦那がいっしょなら、心強い」

朴念がけわしい顔でうなずいた。

さっそく翌日から、極楽屋の殺し人と手引き人は二手に分かれた。右京、朴念、猪

吉、嘉吉の四人が、清川屋にいる為蔵と滝田の命を狙い、平兵衛、孫八、勇次の三人で松島屋を見張って、稲左衛門の居所を探るのである。

平兵衛たちは松島屋へ向かった。

勇次は稲左衛門が生きていたことを知ると、驚きと怒りを強くした。勇次の父親は、稲左衛門に殺されていたのだ。親の敵を右京たちとともに討ったと思っていた稲左衛門が生きていたのである。

そうしたこともあって、勇次は平兵衛たちと稲左衛門を探ることを買って出たのだ。

孫八と勇次は、それぞれ大工や船頭らしい格好をし、手ぬぐいで頬っかむりして顔を隠した。為蔵の子分たちに正体が知れないように身を変えたのである。

ただ、平兵衛だけは松島屋に近付かず、掘割の八幡橋近くの船寄に舟をとめておいて、そのなかにいることにした。三人がかりで張り込むことはなかったし、年寄りの平兵衛はかえって目立つのだ。

平兵衛は菅笠をかぶり、竿を手にして艫に腰を下ろしていた。通りすがりの者は船頭が一休みしていると思うだろう。

平兵衛たちは、七ツ（午後四時）ごろから、陽が沈んで暗くなるまで見張ることにした。稲左衛門があらわれるとすれば、そのころだと踏んだのである。

陽は家並の向こうに沈んでいた。そろそろ六ツ（午後六時）になるだろうか。平兵衛が、舟の艫に腰を下ろして一刻（二時間）ほど経つ。

孫八と勇次からは、何の連絡もなかった。おそらく、稲左衛門はあらわれないのであろう。

それから小半刻（三十分）ほど経ったろうか。辺りはだいぶ暗くなってきた。掘割沿いの通りにある店も表戸をしめて店仕舞いしていた。

平兵衛は、孫八たちが引き上げて帰るころだと思い、腰を上げて掘割沿いの通りに目をむけたとき、小走りに近付いてくる孫八の姿が見えた。

平兵衛は孫八の様子から、稲左衛門が姿をあらわしたのではないかとみて、舟から船寄に下りた。

孫八は通りから船寄につづく土手の小径《こみち》を駆け下りると、

「旦那、稲左衛門らしいやつが、あらわれやしたぜ」

と、息を切らして言った。

孫八によると、松島屋の裏手の路地から黒の頭巾をかぶって顔を隠した男が、子分らしい男をふたり連れて、店の裏口から入ったという。

孫八と勇次は、稲左衛門が店の裏口から入ることも考え、勇次が表、孫八が裏手にまわって見張っていたそうだ。

「勇次は」

平兵衛が訊いた。

「いまは、店の裏手を見張ってまさァ」

孫八は勇次に裏手にまわるように伝えて、平兵衛の許に駆け付けたという。

「行ってみるか」

平兵衛は辺りに目をやった。夕闇がだいぶ濃くなっていた。これなら、暗がりに身を隠して松島屋を見張ることができるだろう。

それに、好機があれば稲左衛門を討ってもいい、と平兵衛は思った。

平兵衛は来国光を腰に帯びたまま孫八につづいて、富ケ岡八幡宮の門前通りにある松島屋にむかった。

5

「どうだ、稲左衛門は店にいるか」

平兵衛が勇次に訊いた。

そこは、松島屋の裏手の路地だった。平兵衛と孫八は、勇次が身を隠していた松島屋と隣の店の間にある暗がりに来ていた。

「店に入ったままでさァ」

勇次が小声で答えた。勇次の顔がこわばっている。勇次の胸の内には、稲左衛門に対する怒りがあったのである。

「しばらく、様子を見るか」

平兵衛が、そう言ったときだった。

「旦那、だれか来やすぜ」

孫八が小声で言って、路地の先を指差した。

濃い夕闇につつまれた路地の先に人影が見えた。ふたりである。遠方ではっきりしないが、ひとりは武士らしい。小袖に袴姿で大刀を一本落とし差しにしていた。牢人のようだ。

しだいに、ふたりは松島屋の裏手に近付いてきた。かすかに足音も聞こえる。

武士は総髪で、痩身だった。撫で肩で、腰が据わっていた。

……あの男、風間ではないか。

と、平兵衛は思った。

牢人の身辺に隙がなかった。懐手をして飄然《ひょうぜん》と歩いてくる姿に、多くの真剣勝負の修羅場《しゅらば》をくぐってきた者特有の凄みと酷薄《こくはく》さがただよっていた。

そのとき、平兵衛の手が震えだした。平兵衛は強敵を目の当たりにしたとき、気の昂りと真剣勝負の恐怖とで体が顫え出すのだ。平兵衛の体が、総髪の牢人に反応しているのである。

もうひとりは町人だった。二十代半ばであろうか。目付の鋭い剽悍そうな面構えの男だった。

平兵衛は、その男に見覚えがあった。大川端の道で右京とともに、滝田たち五人の男に襲われたことがあったが、そのときいた四人の町人のなかのひとりである。

ふたりが松島屋の近くまで来ると、話し声が聞こえてきた。

……佐之吉、酒もいいが、頭巾の旦那のお供も飽きるな。

牢人が言った。

どうやら、町人は佐之吉らしい。

……殺し人たちの始末がつくまでですぜ。

……おれは、いつ仕掛けてもかまわんぞ。

……風間の旦那、ふたりでやりやすか。

佐之吉が低い声で言った。やはり、牢人は風間である。

……平兵衛からやるか。滝田の話だと、なかなかの遣い手らしいぞ。

風間が口元に薄笑いを浮かべた。

……平兵衛は、ときおり極楽屋に姿を見せるようでさァ。あっしが、極楽屋の近くに張り込んでみやすよ。

そう言いながら、佐之吉が松島屋の背戸をあけた。引き戸になっていて、簡単にあけしめできるようだ。

風間と佐之吉は慣れた様子で、松島屋に入っていった。ふだん、店の裏口から出入りしているようだ。

「稲左衛門は、用心棒にふたりを連れ歩いているようだな」

平兵衛が小声で言った。

「旦那、やつらが出てくるまで待ちやすか」

「そうだな」

平兵衛は、帰りがけに稲左衛門を狙えるかもしれないと思った。ただ、風間と佐之吉がいっしょだとむずかしい。平兵衛が風間と、孫八が佐之吉と闘っている間に稲左衛門に逃げられるかもしれない。勇次はあまり戦力にならなかった。それに、平兵衛の胸の内には、風間を斃せる、という自信はなかった。

平兵衛たちは暗がりで、稲左衛門が出てくるのを待った。殺し人も手引き人もこうしたことに慣れていたので、苦にはならなかった。

それから、一刻（二時間）余が過ぎた。松島屋の二階からは酔客の哄笑や弦歌の音が聞こえていたが、しだいに下火になってきた。夜が更けるとともに、客たちがすくなくなってきたようだ。

「旦那、戸があきやした」

孫八が小声で言った。

松島屋の裏手の引き戸があいて、提灯を提げた男が路地に出てきた。佐之吉でも風間でもなかった。遊び人ふうの若い男である。

その若い男に風間と佐之吉がつづき、さらに、でっぷり太った男が姿を見せた。頭巾をかぶっている。稲左衛門のようだ。

稲左衛門につづいて、女将らしい年増が姿をあらわし、さらにもうひとり、小太りの男が出てきた。この男は鳥造である。

年増は路地に出ると、稲左衛門に何やら声をかけた。見送りに出てきたらしい。稲左衛門は笑いながら、年増に何か答えていた。

遠方だったので、平兵衛たちには、ふたりが何を話しているのか聞き取れなかった。

稲左衛門たちは戸口から離れた。提灯を持った若い男が、稲左衛門の足元を照らしている。稲左衛門のまわりには、四人の男がいた。風間、佐之吉、鳥造、それに提灯を持った若い男である。

……仕掛けられぬ！

と、平兵衛は思った。

稲左衛門を守っている男が多過ぎた。平兵衛たち三人で、四人を相手にすることはできない。稲左衛門は夜分帰るとき、ふだんからこの程度の男たちを引き連れているのかもしれない。用心深い男である。

稲左衛門たちは、平兵衛たちがひそんでいる方へ歩いてきた。下駄や雪駄《せった》の音が静寂のなかにひびいている。

……ならば、跡を尾けて行き先をつきとめるしかない。

と、平兵衛は思った。

平兵衛たちは息をひそめて、稲左衛門たち一団をやり過ごした。そして、一団が遠ざかってから路地に出た。

平兵衛たち三人は、稲左衛門たちの跡を尾け始めた。路地は暗かった。月明りに、わずかに路地が識別《しきべつ》できるだけである。ただ、前方にいる稲左衛門たちの姿を見失うようなことはなかった。提灯の明りが暗闇のなかにくっきりと浮かび上がり、いい目印になったからである。

稲左衛門たちは、一町も歩いただろうか。ふいに、提灯の灯が掻き消えた。火を消したのではなく、路地の角をまがったらしい。

平兵衛たちは、小走りに提灯の灯が消えた辺りにむかった。そこは細い四辻になっていた。

「旦那、あそこに!」

孫八が右手の路地を指差した。

路地の先に提灯の灯が見えた。その明りのなかに、稲左衛門たちの姿が黒く浮かび上がっている。

平兵衛たちが路地に踏み込んだとき、提灯の灯と男たちの姿が、路地の右手に寄った。路地沿いに町家がある。板塀をめぐらせた仕舞屋だった。

稲左衛門たちは、仕舞屋の木戸門からなかに入った。木戸門といっても、通りに面して丸太が二本立ててあるだけである。

仕舞屋の戸口があき、提灯の灯が消えた。男たちは家のなかへ入ったようだ。

平兵衛たちは足音を忍ばせて、男たちが入っていった仕舞屋に近付いた。大きな家で、庭もあるらしく、夜陰のなかに植木の黒い樹影がかすかに見てとれた。富商の隠居所のような造りである。

……ここが、稲左衛門の隠れ家だ！

と、平兵衛は確信した。

以前、稲左衛門が隠れ家にしていたのも商家の隠居所ふうだった。近くで情婦に料理屋をやらせ、そこで子分や用心棒たちとひそかに会って指図していたのも、前と同じやり方である。ただ、今度はより慎重になり、顔も見せず名も明かさず、夜しか出歩かなくなったようだ。

「今夜は、これまでだな」

平兵衛が、孫八と勇次に言った。

6

右京と朴念は、福島橋のたもとに立っていた。

未明である。東の空がかすかな茜色に染まっていたが、辺りは淡い夜陰につつまれていた。ふだんは、大勢の人が行き交っている富ケ岡八幡宮の門前通りにつづく表通りも、いまはまったく人影がなかった。通り沿いの店は表戸をしめ、夜の静寂《しじま》のなかで寝静まっている。

当初、右京たちは、滝田と為蔵を清川屋の外で待ち伏せて始末するつもりだった。ところが、滝田も為蔵も、日中人通りが多いときは清川屋から出ることもあったが、陽が沈んでからはほとんど出歩かなかった。また、為蔵が賭場へ行くときは、滝田のほかに数人の子分を連れていた。殺し人を警戒しているのだろう。

そのため、滝田と為蔵を討つ機会がなかった。

「こうなったら、客のいないときを狙って清川屋に踏み込むか」

右京が、朴念に言った。

未明なら清川屋に客はいないし、包丁人や女中も帰っているだろう。店に奉公人がいたとしても、ひとりかふたりといっていい。それに、滝田と為蔵が店のどこにいるかも分かっているので、奉公人に邪魔されずに滝田たちを討つことができるはずだ。

右京がそのことを朴念に話すと、

「いい手だ」

朴念はすぐに承知した。

そうした経緯があって、右京たちは福島橋のたもとに来ていたのだ。

「猪吉が、もどって来たぞ」

朴念が通りに目をやって言った。

右京たちに駆け寄った猪吉が、

「変わった様子は、ありやせん」

と、右京と朴念に知らせた。猪吉と嘉吉は、右京たちをその場に残して清川屋の様子を見にいったのである。おそらく、嘉吉は清川屋を見張っているのだろう。

「裏手も見たのか」

右京が訊いた。

店の裏手の離れに、滝田が寝ているはずである。

「へい、裏手の離れに、滝田がいるようです」

猪吉によると、店の玄関脇から裏手にまわって離れの様子もみてきたという。小体な離れで、戸口に身を寄せると家のなかから鼾《いびき》の音が聞こえたそうだ。

「戸口は？」

「引き戸でさァ。すこしあいていたから、戸締まりはしてないようです」

猪吉が小声で言った。

滝田は殺し人が離れに踏み込んでくるとは、思っていないのだろう。

「よし、踏み込もう」

朴念が言った。

右京たち三人は清川屋にむかった。歩きながら、朴念は懐から革袋を取り出し、手甲鈎を右手に嵌めた。

清川屋は、まだ淡い闇につつまれていた。話し声も物音も聞こえてこなかった。ひっそりと寝静まっている。

東の空は明るさが増し、上空の星もひかりを失ってきていた。まだ、家のまわりには夜陰が残っているが、町筋はほんのりと白んでいる。

清川屋の玄関脇の暗がりに、嘉吉が身をひそめていた。

「変わりないか」

右京が小声で訊いた。

「へい」

右京たち四人は、清川屋の玄関前に集まった。格子戸になっていた。

「戸はあきませんぜ」

嘉吉が言った。身をひそめているとき、格子戸の戸締まりも確かめたようだ。心張り棒でもかってあるのだろう。

「分かってる。……見てろよ」

言いざま、朴念は手甲鈎を嵌めている右手を突き出した。

バリッ、という音がして、格子が破れた。怪力である。すかさず、朴念は左手をつっ込み、内側にかってある心張り棒をはずした。

「これで、あくぜ」

朴念は格子戸をあけた。

店のなかは薄暗かった。戸口の物音で、目を覚ました者もいるかもしれないが、店のなかは静寂につつまれている。

「為蔵は、一階の奥だな」

朴念が目をひからせて言った。

右京も朴念も、孫八が瀬戸物屋の女房らしい年配の女から為蔵と滝田の居場所を聞き込んだ話を耳にしていたのだ。

「朴念、おれは離れに行くぞ」

右京が小声で言った。

「あっしらは、どうしやす」

嘉吉が小声で訊いた。

「嘉吉と猪吉は、朴念といっしょに行ってくれ」

店のなかにいる者たちは、朴念たち三人にまかせよう、と右京は思った。店の奥にいるのは為蔵と情婦のおあき、それに奉公人がいたとしてもひとりかふたりだろう。朴念たちが後れをとるようなことはないはずだ。それに、滝田と闘うには、ひとりの方がよかったのである。

「まかせておけ」

朴念が、ニヤッと笑った。

嘉吉と猪吉も、無言でうなずいた。


右京は玄関の脇にまわった。そこに狭い空き地があり、八つ手が植えてあった。そこから店の裏手にまわれるようになっている。

右京は八つ手の脇をすり抜けて、奥へむかった。店の裏手に狭い庭があり、梅と山紅葉《やまもみじ》が植えてあった。その庭木の先に小体な離れがある。ちいさな家だが、数寄屋《すきや》ふうの洒落《しゃれ》た造りになっていた。上客を入れるための座敷だったにちがいない。

右京は離れの戸口に近付いた。ここも格子戸になっていた。猪吉が言っていたとおり、すこしあいている。

格子戸の向こうから、かすかに鼾が聞こえた。男らしい強いひびきがある。滝田が寝ているにちがいない。

右京は格子戸をあけて、なかへ入った。土間の先が、狭い板敷きの間になっていた。その先に障子がたててある。

鼾の音がやんでいた。格子戸をあける音で、目を覚ましたのではあるまいか。

そのとき、障子の向こうで夜具を動かすような音が聞こえ、

「だれだ、そこにいるのは！」

と、野太い声がした。

「地獄から来た鬼だ」

右京が抑揚のない声で言った。

「なに！　鬼だと」

人の立ち上がる気配がし、つづいて畳を踏む音が聞こえた。

「滝田、姿を見せろ！」

右京が刀の柄に手をかけた。

「殺し人か！」

ガラリ、と障子があいて、巨漢の武士が姿を見せた。

滝田だった。寝間着姿で、大刀をひっ提げていた。長刀である。

「片桐か」

滝田が、右京を見すえて言った。

「滝田、ここでやるか。それとも、表か」

右京は、どちらでもかまわなかった。

「表へ出ろ！」

滝田が吼《ほ》えるような声で言った。

・7

離れの戸口の脇で、右京は滝田と対峙した。梅の木の近くだった。立ち合うにはすこし狭いが、小砂利《こじゃり》が敷いてあり、足場は悪くなかった。

まだ、陽は上っていなかったが、辺りはだいぶ明るくなっていた。遠方で、引き戸をあける音が聞こえた。朝の早い家は起き出したようである。

滝田は寝間着のままだった。裾を後ろ帯に挟み、毛深い足をあらわにしている。

「おぬし、なにゆえ、賭場の用心棒などになった」

右京は、滝田ほどの腕があれば、仕官は無理でも道場の師範代ぐらいにはなれるのではないかと思ったのだ。

「金さ。剣だけでは食っていけぬからな。おぬしも、似たようなものだろう。金ずくで、人を斬る殺し人だからな」

「いかさま」

右京は滝田のいうとおりだと思った。

「用心棒と殺し人。斬られても、文句はないな」

右京が低い声で言った。

「おお！」

右京と滝田の間合は、三間半ほどだった。

滝田は長刀を八相に構えていた。両肘を高くとり、切っ先を背後にむけて、刀身をやや寝かせている。

大きな構えだった。巨体とあいまって、上からおおいかぶさってくるような威圧がある。

対する右京は、青眼に構えていた。ゆったりとした隙のない構えである。切っ先がピタリと滝田の目線につけられている。

「できるな」

滝田の顔がけわしくなった。右京の剣尖《けんせん》が眼前に迫ってくるような威圧を感じたにちがいない。

だが、滝田に臆《おく》した様子はなかった。全身に激しい気勢を込め、斬撃の気配をみなぎらせた。大きな顔が赭黒く染まり、両眼をカッと瞠《みひら》いている。まさに、雷神を思わせるような顔である。

一方、右京の白皙には表情がなかった。能面のようである。ただ、滝田にむけられた切れ長の目は、切っ先のような鋭いひかりを宿していた。

「いくぞ！」

一声上げ、滝田が足裏を擢るようにして間合をつめ始めた。

滝田の足元で、ザッ、ザッ、と小砂利を踏む音が聞こえた。

対する右京は動かなかった。表情も動かさず、気を鎮めて滝田の斬撃の起こりをとらえようとしている。

ふたりの間合が、しだいに狭まってきた。それにつれ、ふたりの剣気が高まり、斬撃の気が満ちてきた。ふたりは、全神経を敵に集中させていた。静かだった。音のとまったような剣の磁場がふたりをつつんでいる。

ふいに、滝田が寄り身をとめた。一足一刀の一歩手前である。滝田は、右京の静かな構えに威圧を感じ、このまま斬撃の間境に踏み込むのは危険だと察知したのだ。

イヤアッ！

突如、滝田が裂帛の気合を発した。

気合で、右京を揺さぶろうとしたのだ。だが、この気合で、滝田の構えが一瞬くずれた。

右京はこの一瞬の隙をとらえ、つッ、と一歩踏み込んだ。

刹那、滝田の全身に斬撃の気がはしった。体が躍動し、滝田の巨体が膨れ上がったように見えた。

八相から袈裟へ。稲妻のように閃光がはしった。

間髪《かんはつ》をいれず、右京の体が躍動し、青眼に構えた刀身が逆袈裟にはしった。

キーン、という甲高い金属音がひびき、青火が散って、滝田の刀身が撥ね返った。右京が滝田の刀身をはじいたのである。

次の瞬間、ふたりはほぼ同時に二の太刀をはなった。

右京が右手に踏み込みながら袈裟へ。

迅い！

一瞬、刀身がきらめいただけだった。滝田の目にも、右京の太刀筋は見えなかっただろう。

一方、滝田は長刀を真っ向に斬り下ろしていた。

ザクリ、と滝田の着物が肩から胸にかけて斜に裂けた。

一瞬、遅れた滝田の切っ先は、右京の肩先をかすめて空を切った。右京が右手に踏み込んだため、切っ先がわずかにそれたのだ。

ふたりは、大きく背後に跳んでふたたび青眼と八相に構え合った。

滝田のあらわになった肩と胸が、血に染まっている。右京の切っ先が、滝田の肌まで斬り裂いたのだ。

「おのれ！」

滝田が憤怒《ふんぬ》に顔をゆがめ、目をつり上げ、歯を剝き出した。右京の斬撃をあびて、逆上したらしい。八相に構えた刀身が、ビクビクと震えている。興奮で、体に力が入っているのだ。

……斬れる！

と、右京は思った。異様な気の昂りは体を硬くし、一瞬の反応をにぶくするのだ。

つつッ、と右京が間合をつめた。

一方、滝田も足裏を摺るようにして間合を狭めてきた。

ふたりの間合が一気に狭まり、一足一刀の間境に迫った。

斬撃の間合に踏み込むや否や、右京が先に仕掛けた。

タアッ！

鋭い気合と同時に、右京の体が躍《おど》り、閃光がはしった。

青眼から踏み込みざま袈裟へ。

ほぼ同時に滝田も斬り込んだ。

八相から袈裟へ。長刀が刃唸りをたてて、右京を襲う。

袈裟と袈裟。

二筋の刀身が、ふたりの眼前で合致したが、一瞬滝田の腰がくずれた。滝田の斬撃が遅れたために、右京の斬撃を受けた瞬間、押されたのである。

次の瞬間、右京は右手に跳びながら胴を払った。

袈裟から胴へ。一瞬の流れるような体捌きである。

滝田は棒立ちになった。着物の腹部が横に裂け、血が迸《ほとばし》り出た。右京の一颯《いっさつ》が、滝田の胴を深くえぐったのである。

滝田は左手で腹を押さえ、右手だけで刀を振り上げた。顔がひき攣ったようにゆがみ、振り上げた刀身がワナワナと震えている。

「まだ、だ」

滝田は一歩、二歩と、踏み込んできた。

右京は八相に構えた。滝田がよろめくような足取りで迫ってくる。

タアリャッ!

甲走った声を上げ、滝田が斬り込んできたが、刀身を振り下ろしただけだった。しかも片手である。

右京は難なく斬撃をかわし、刀身を横一文字に払った。

滝田の首筋が裂けた次の瞬間、ビュッ、と血が飛んだ。右京の切っ先が、首筋の血《ち》管《くだ》を斬ったのだ。

滝田は血を撒《ま》きながらよろめき、足がとまると、腰からくずれるように転倒した。

地面に俯せに倒れた滝田は、四肢《しし》をモソモソと動かしていたが、顔をもたげることもできなかった。血が首筋から流れ落ち、赤い布をひろげるように地面を染めていく。

いっときすると、滝田は動かなくなった。絶命したようである。

右京は滝田の脇に立ったまま、ひとつ大きく息を吐いた。人を斬った気の昂りで白皙が朱を刷《は》いたように紅潮していたが、しだいに平静にもどってきた。

右京は手にした刀に血振りをくれ、ゆっくりとした動作で納刀した。

右京が離れから清川屋の脇まで来たとき、店のなかから女の悲鳴が聞こえた。つづいて、廊下を走るような足音がひびいた。

悲鳴を上げたのは、おあきだった。朴念たちが清川屋の一階の奥の座敷に寝ていた為蔵を襲い、朴念が手甲鈎で為蔵を殴り殺し、そばに寝ていたおあきが、悲鳴を上げて廊下へ飛び出したのである。

猪吉がおあきの後を追った。おあきは、寝間着がはだけて半裸のようになっていた。必死に廊下を逃げたが、追いかけてきた猪吉がおあきの寝間着の裾を踏むと、つんのめるように前に倒れた。

おあきは、ヒイヒイと悲鳴を上げながら、なおも廊下を這って逃れようとした。その背に猪吉がおおいかぶさり、両肩をつかんで押さえつけた。寝間着が脱《ぬ》げ、おあきの上半身があらわになっている。

「おあき、黙らねえと殺すぞ！」

廊下に出てきた朴念が、怒鳴り声をあびせた。嘉吉は、朴念のすぐ後ろについていた。

ヒッ、と短い悲鳴を上げ、おあきは口をとじた。朴念の言ったことを理解したらしい。おあきは、体を激しく顫わせている。

「嘉吉、しごきで猿轡をかませろ」

「へい」

嘉吉が、おあきのしごき帯を顔に巻き付けるようにして口をふさいだ。

「いいか、おあき、為蔵は階段から落ちて死んだと言うんだぞ。へたに、殺されたなどと言うと、為蔵が何をやっていたか、お上に吟味《ぎんみ》される。そうなれば、賭場をひらいていたことが分かり、おまえも同罪だ。おまえは遠島ぐらいで済むかもしれないが、二度と江戸の土は踏めないぞ。分かったな!」

朴念が声を大きくして言うと、おあきは、体を顫わせながら何度も首を縦に振った。朴念の言うことが、分かったらしい。

朴念たちが清川屋の玄関から出ると、脇に右京が立っていた。朴念たちを待っていたようだ。

「為蔵は始末できたか」

右京が訊いた。

「仕留めたぞ。旦那は？」

「滝田を斬った。……これで、ふたり片付いたな」

そう言って、右京は東の空に目をやった。

朝陽が家並の上に顔を出していた。町筋は淡い曙《あけぼの》色に染まり、遠近《おちこち》から表戸をあける音が聞こえてきた。深川の町が動き出したようである。

第六章　見せた顔

1

平兵衛は木立ちの陰で、真剣を振っていた。刀は愛刀の来国光である。すでに、小半刻（三十分）ほど真剣の素振りをつづけ、全身が汗ばんでいた。

そこは、本所番場《ばんば》町にある妙光寺《みようこうじ》という無住の古寺だった。境内《けいだい》は狭かったが、鬱蒼《うつそう》と枝葉を茂らせた樫《かし》や杉などの杜《もり》があり、人目を避けて剣の工夫をしたり、なまった体を鍛え直すには、格好の場所であった。

平兵衛は風間と立ち合うつもりでいた。まだ、風間と切っ先を合わせてなかったが、その鍛えた体と隙のない身構えを見て、強敵だと思った。風間を見たとき、平兵衛の手が震えだしたのも、遣い手だと察知したからである。

平兵衛は強敵と立ち合う前、この寺に来て真剣を振り、己の遣う虎の爪を繰り返しふるうことがよくあった。虎の爪をふるうことで、太刀捌きや体の動きを体に思い出させるのだ。それというのも、真剣勝負では一寸の切っ先の伸びと、一瞬の迅さが勝負を分けることを知っていたからである。

平兵衛は真剣での素振りで一汗かくと、脳裏に風間を立たせ、虎の爪で挑んだ。まだ、風間がどのような剣を遣うのか知れなかったので、どう勝負が転ぶか分からなかったが、繰り返し繰り返し、虎の爪で風間に挑んだ。風間の遣う剣に対する工夫ではなく、己の遣う虎の爪の威力を増すためである。

それから半刻（一時間）ほどすると、陽が西の空にまわり、境内の杜の葉叢《はむら》の間から射し込んだ西陽が、平兵衛の足元をぼんやりと照らすようになった。

そのとき、山門の方で足音が聞こえ、孫八が小走りに近寄ってきた。孫八は手に貧乏徳利を提げていた。

「やっぱり、ここでしたかい」

孫八は庄助店に立ち寄り、平兵衛の姿がなかったので、ここにまわったと話した。孫八は、平兵衛が強敵と立ち合う前、妙光寺に来て、剣の工夫をすることを知っていたのである。

「そろそろ、行くのか」

平兵衛は、孫八が迎えに来たことを察知した。

これから、稲左衛門や風間を始末するために黒江町に向かうのである。

右京たちが、清川屋を襲い為蔵と滝田を仕留めて三日経っていた。稲左衛門は為蔵たちが、殺し人に始末されたことを知ったはずだが、いまだに黒江町の隠れ家に籠っていた。稲左衛門は、まだ黒江町の隠れ家は平兵衛たちに知られていないとみているのであろう。ただ、稲左衛門たちは、今日にも隠れ家から姿を消すかもしれない。そのため、平兵衛たちは一刻も早く稲左衛門と風間を始末したかったのだ。

「へい、片桐の旦那や朴念さんも出かけたはずでさァ」

孫八が言った。

「その酒は、わしが飲んでもいいのか」

平兵衛が孫八の手にしている貧乏徳利に目をやって訊いた。

「いつものように、用意したんでさァ」

孫八が貧乏徳利を差し上げた。

平兵衛は真剣勝負を前にして、酒を飲むことがあった。恐怖心を酒がやわらげてくれるのである。

「それは、ありがたい」

平兵衛は手をひらいて、孫八に見せた。手が小刻みに震えている。いつもそうだった。真剣勝負を意識し、気が昂ってくると手が震えだすのだ。しかも、相手は風間である。強敵との勝負を前にして、緊張と恐怖が体を顫わせているのである。

「すこし、もらうか」

平兵衛は孫八から貧乏徳利を受け取ると、喉を鳴らして一気に二合ほど飲んだ。いっときすると、酒気が体の隅々に行き渡り、全身に気勢が満ちてきた。真剣勝負の恐怖も、いくぶん薄れている。

手をかざしてみると震えはとまっていた。

「さァ、行こう」

「へい」

平兵衛は孫八につづいて山門をくぐった。

孫八は大川端に出た。川下にむかって一町ほど歩くと、ちいさな桟橋があった。猪牙舟が繋いである。

舟の艫に峰次郎がいた。櫓を手にしている。

「乗ってくだせえ」

峰次郎が声をかけた。

平兵衛と孫八が舟に乗ると、峰次郎は舫い綱をはずし、水押しを対岸にむけた。

深川とは方向がちがうので孫八に訊くと、薬研堀《やげんぼり》近くの桟橋に右京が待っているそうだ。峰次郎と孫八は、平兵衛と右京を迎えにきたようである。

峰次郎の漕ぐ舟は薬研堀近くの桟橋で右京を乗せると、水押しを対岸の深川にむけた。

舟は永代橋の手前で油堀に入り、掘割をたどって黒江町へ出た。深川には掘割が縦横にはしっていて、多くの町に舟で行けるのだ。

黒江町の八幡橋近くの船寄で、島蔵、朴念、勇次の三人が待っていた。嘉吉と猪吉の姿はなかった。嘉吉たちも島蔵といっしょに来ているはずである。おそらく、嘉吉たちは稲左衛門の隠れ家を見にいっているのだろう。

これから、平兵衛たちは稲左衛門の隠れ家に踏み込んで、稲左衛門をはじめ隠れ家にいる風間や鳥造たちを始末するつもりだった。用心棒の風間にくわえ、子分たちが数人いると踏んで、殺し人と手引き人が総出で来たのである。

平兵衛たちは舟から下りると、

「嘉吉は?」

と、孫八があらためて訊いた。

「猪吉とふたりで、隠れ家を見張っているはずだ」

そう言って、島蔵は西の空に目をやった。陽は家並の向こうに沈んでいた。まだ、暮れ六ツ（午後六時）前だが、樹陰や岸際に群生した葦の陰などには淡い夕闇が忍び寄っている。

「おれたちも、そろそろ行くか」

平兵衛は、隠れ家の様子を知りたかった。稲左衛門と風間がはたして隠れ家にいるかどうか気になっていたのである。

「よし、行くぞ」

島蔵が男たちに声をかけた。

平兵衛たちは、ふたり、三人と分かれて、黒江町の町筋を歩いた。いっしょになって歩くと、人目を引く。

平兵衛たちは、賑やかな富ヶ岡八幡宮の門前通りから路地に入った。裏路地をたどって、稲左衛門の隠れ家まで行くのである。

裏路地をしばらく歩いたとき、暮れ六ツの鐘が鳴り始めた。その鐘の音が合図ででもあったかのように、あちこちから表戸をしめる音が聞こえてきた。店屋が、店仕舞いし始めたようである。裏路地も淡い夕闇に染まり、通りかかる人影はなかった。

前方に板塀をめぐらせた仕舞屋が見えてきた。稲左衛門の隠れ家である。

平兵衛たちは路傍に足をとめた。隠れ家に踏み込むのは、なかの様子をつかんでからである。

「あっしが、見てきやすぜ」

そう言い残し、孫八が足早に隠れ家にむかった。

いっときすると、孫八が嘉吉を連れてもどってきた。

「稲左衛門は、隠れ家にいるようですぜ」

すぐに、嘉吉が言った。

「風間は?」

平兵衛が訊いた。

「いやす。……やつらしい男が、縁先に出て来たのを見やした」

嘉吉によると、猪吉とふたりで隠れ家の板塀に近寄ってなかの様子を見たという。

「行こう」

平兵衛が低い声で言った。

……震えている。

2

平兵衛の手が、また震えだした。体が風間との闘いが目前に迫ったことを意識しているのである。闘いを前にして、体が顫えだすのは真剣勝負に対する恐怖だが、強敵を前にした武者震いでもあった。

「孫八、酒をもらおうか」

平兵衛は、歩きながら孫八から貧乏徳利を受け取った。栓を抜くと、貧乏徳利をかたむけて、まず一合ほど飲んだ。そして、いっとき間を置いてから、さらに二合ほど飲んだ。

「これで、十分だ」

平兵衛は孫八に貧乏徳利を返した。

平兵衛の体のなかに酒が染みていく。それは、乾いていた地面に降る慈雨《じう》のようであった。萎《しお》れていた草木が水を得て生き生きしてくるように、平兵衛の体のなかに活力がわいてきた。平兵衛の全身に覇気が満ち、闘気がみなぎってきた。

平兵衛は己の手をかざして見た。震えはとまっている。顔付きも変わっていた。頼りなげな老爺の顔ではなかった。表情がひきしまり、双眸が猛禽《もうきん》のようにひかっている。腕利《うでき》きの殺し人の顔である。

……風間に勝てる！

と、平兵衛は思った。

平兵衛たちは隠れ家の脇まで来た。

「あそこに、猪吉がいやす」

嘉吉が指差した。

見ると、猪吉が板塀に身をはりつけるようにして、なかの様子を窺っていた。板塀の節穴から、なかを覗いているらしい。

平兵衛たちは足音を忍ばせて、猪吉に近付いた。

「稲左衛門も風間もいやすぜ」

猪吉が小声で話したことによると、庭に面した縁側に風間と稲左衛門が出てきて何やら話していたという。

平兵衛は板塀の隙間からなかを覗いてみた。なるほど、板塀の内側に庭があり、その庭に面して縁側があった。縁側の奥に障子がたててある。座敷になっているのだろう。

……風間を庭に引き出せば闘える。

と、平兵衛は踏んだ。

「裏手はどうなっている」

島蔵が訊いた。

「背戸がありやすが、裏手にも板塀がめぐらせてありやしてね。表に出るには庭を通るしかないようですぜ」

すぐに、猪吉が答えた。

「それなら、表の戸口と庭から踏み込めばいいな」

島蔵は平兵衛たちと隠れ家に踏み込む手筈《てはず》を相談した。その結果、表の戸口から朴念、孫八、島蔵の三人が踏み込み、平兵衛と右京は庭にまわることになった。島蔵も元締めを始める前は殺し人だったので、匕首の腕は確かである。

「あっしらは、どうしやす？」

嘉吉が島蔵に訊いた。

「嘉吉と峰次郎、それに勇次は、おれといっしょに表から入ってくれ。なかにいるやつらに、大勢で踏み込んできたようにみせるんだ。……猪吉は庭だ。おめえは手を出さず、稲左衛門と風間が逃げたら跡を尾けて行き先をつきとめろ」

「へい」

猪吉が顔をけわしくして答えた。

「それからな、三下や女はかまうな」

島蔵が念を押すように言った。

島蔵の指示が終わったところで、平兵衛は辺りに目をやり、

「いい頃合だ」

と、小声で言った。夕闇が濃くなっていたが、まだ家のなかでも相手がはっきり見えるだろう。

平兵衛たちは足音を忍ばせて、家の正面の丸太を二本立てただけの門から入り、戸口に近付いた。

戸口は板戸がしめてあった。その戸口の前で、平兵衛、右京、猪吉の三人は、島蔵たちと分かれて庭にまわった。

庭は松や梅などの植木が枝葉を茂らせていたが、立ち合うだけのひろさはあった。ちかごろ植木屋が入っていないらしく、雑草でおおわれている。

庭に面して縁側があり、その先の障子はしまっていた。座敷にだれかいるらしく、かすかにくぐもった声が聞こえた。声の主は男だと分かったが、小声だったので何を

話しているかは聞き取れなかった。

平兵衛は雑草を踏み、足場を確かめてみた。虎の爪は迅速な寄り身を必要とする。寄り身のおりに、雑草に足をとられるようなことにでもなれば、勝負にならない。

……それほど、悪い足場ではない。

と、平兵衛はみてとった。

繁茂した雑草は丈が低かった。それに、足にからまるような蔓草《つるくさ》はなかった。素早い足捌きで敵に迫っても足をとられるようなことはなさそうだ。

一方、右京は刀の目釘を確かめた後、袴の股だちをとり、懐から細紐を取り出して袂《たもと》を絞った。右京の全身に気勢が満ちている。

「義父上、稲左衛門はわたしに斬らせてください。まだ、殺し人として請けた仕事が終わっていないのです」

右京が、めずらしく顔をけわしくして言った。以前、稲左衛門を討ち損じたことが、右京の心に強く残っているようである。

「稲左衛門は、右京にまかせよう」

平兵衛ははじめから風間と立ち合うつもりできていたので、稲左衛門が庭に逃げてくれば右京にまかせることになるだろう。

そのとき、戸口で板をぶち破る激しい音がした。朴念が手甲鈎で、戸口の板戸をたき割ったらしい。

つづいて、島蔵の「踏み込め！」という大声がひびき、朴念や嘉吉たちの喊声《かんせい》がおこった。大勢で表の戸口から踏み込んだように見せるためである。

すると、縁側の先の障子の向こうで、「喧嘩《でいり》か！」、「極楽屋のやつらだ」、「大勢だぞ！」、「親分、逃げてくれ」などという男たちの叫び声が次々に起こり、畳を踏む音や瀬戸物の触れ合うような音などがひびいた。稲左衛門と子分たちは座敷に集まっていたようだ。酒盛りでもしていたのかもしれない。

ガラリ、と障子があいた。

遊び人ふうの男が廊下に飛び出し、

「庭にもいるぞ！」

と、ひき攣ったような声で叫んだ。

3

「風間泉十郎、姿を見せろ！」

平兵衛が縁先に立って声を上げた。すでに、来国光を抜き、八相に構えていた。だが、遊び人ふうの男につづいて小太りの男が縁側に出てきただけで、風間は姿を見せなかった。小太りの男は鳥造である。

「姿を見せねば、踏み込むぞ」

さらに、平兵衛が声を上げた。

すると、座敷で、「どけ！」という声がし、あけられた障子の間から、総髪の武士が姿を見せた。

風間である。風間は大刀を左手に提げ、ゆっくりとした動作で縁側に出てきた。

「人斬りか」

風間がくぐもった声で言った。平兵衛を見すえた双眸が薄闇のなかで、底びかりしている。

「風間、わしと勝負するか。それとも、背を見せて逃げるか」

そう言って、平兵衛が風間の正面にまわった。

「後ろにいる男は？」

風間が右京に目をやって訊いた。

「おれは、勝負に手出しはせぬ。家にいる者たちを斬る」

右京は、平兵衛からすこし離れてから縁側にむかった。

「よかろう。勝負しよう」

風間が廊下に立ったまま抜刀し、足元に鞘を落とした。

平兵衛は、すばやく後じさりして前をあけた。風間が庭に下りられるだけの間合をとったのだ。それに、虎の爪を遣うには、すくなくとも三間半ほどの間合が必要だったのだ。

風間は庭に下り、平兵衛と相対した。

ふたりの間合は、およそ三間半。平兵衛は、すぐに虎の爪の逆八相に構えた。

「妙な構えだな」

風間が平兵衛の構えを見て言った。真剣勝負で逆八相に構える者は、まずいないのである。

「虎の爪」

平兵衛が低い声で言った。

「おもしろい。受けてやろう」

そう言って、風間は八相に構えた。刀身を垂直に立て、切っ先で天空を突くように高く構えている。風間は痩身で中背だったが、大兵に見えた。

「風神の剣……」

風間がつぶやくような声で言った。

平兵衛は、島蔵から風間が風神と呼ばれていることを聞いていたので驚かなかった。

「いくぞ！」

風間の全身に気勢が満ちてきた。刀身を高くとった八相の構えが、さらに大きく見え、上から覆いかぶさってくるような威圧があった。

このとき、朴念や島蔵たちは戸口から踏み込み、縁側に面した座敷まで来ていた。

「ここにいるぞ！」

朴念が声を上げ、障子をあけ放った。

座敷に数人の男がいた。長火鉢があり、その向こうに黒頭巾をかぶった大柄な男がいた。でっぷり太っている。稲左衛門である。

座敷には、遊び人ふうの男が五人いた。手に手に、匕首や長脇差を持っている。極楽屋の者たちが踏み込んできたと知って、懐に呑んでいた匕首や座敷に置いてあった長脇差を手にしたらしい。座敷には、湯飲み、貧乏徳利、小鉢、皿などが散らばっていた。ここで、酒盛りをしていたようだ。

「いたぞ！　皆殺しにしろ」

朴念が、手甲鈎を振り上げて吼えるように叫んだ。黒の扮装《いでたち》とあいまって、立ち上がった巨熊のように見えた。

「親分、逃げてくれ！」

年配の男が叫んだ。稲左衛門のそばについている子分のひとりであろう。手に長脇差を持ち、目をつり上げていた。必死の形相《ぎょうそう》である。

稲左衛門は、つっ立ったまま動かなかった。体を顫わせている。どこへ逃げていいか迷っているふうだった。

「親分、庭へ！　あっしの後を来てくれ」

年配の男が、長火鉢の前から縁側へむかった。慌てて、稲左衛門が年配の男の後をついていく。

右京は廊下に出てきた頭巾の男を目にすると、すばやく縁先に近寄った。稲左衛門と気付いたのである。

稲左衛門が、右京を見て、ギョッ、としたように立ちすくんだ。

「き、きさまァ！」

稲左衛門の声が怒りに震えた。右京に向けられた双眸が、憤怒につり上がっている。右京に斬り付けられ、掘割に落ちたときのことを思い出したようだ。

「剝がしの稲左、冥府からよみがえったか」

右京の声に突き刺すようなひびきがあった。

「き、きさまのために、おれは！　……この顔を見ろ！」

言いざま、稲左衛門は頭巾をかなぐりすてた。

鼻から左頰にかけて、赭黒く爛れたような痣《あざ》がひろがり、ひき攣ったように顔がゆがんでいる。おそらく、掘割の土手を勢いよく転げ落ちたとき、半顔を小砂利か土手に突き出した岩面かで強く擦《こす》ったのであろう。どうやら、稲左衛門が頭巾をかぶっていたのは、己の正体を隠すとともに醜《みにく》い顔の傷を覆うためでもあったようだ。

「鬼のようなおまえに、ふさわしい顔だ」

右京は刀を八相に構え、すばやく稲左衛門に迫った。

「やろう！　そこをどけ」

叫びざま、年配の男が縁先から長脇差をふるった。

一段低いところにいる右京に、上からたたきつけるように斬り込んだのだ。

スッ、と右京は体を右手に寄せて斬撃をかわし、刀を横に払った。一瞬の太刀捌きである。

にぶい骨音がして、男の右腕が落ちた。右京の一撃が、長脇差を振り下ろして前に伸びた男の腕を斬り落としたのだ。

ギャッ！　と、絶叫を上げて男が後ろによろめいた。截断された右腕から、血が流れ落ちている。男は血を撒きながら、座敷に逃れた。

これを見た稲左衛門は、慌てて後じさった。顔が恐怖にひき攣っている。

「逃がさぬ！」

右京は、刀を手にしたまま縁側に飛び上がった。

ヒイイッ、と稲左衛門が喉を裂くような悲鳴を上げ、反転して座敷に逃げようとした。

すかさず、右京が踏み込み、背後から斬り込んだ。

稲左衛門が身をのけ反らせた。肩から背にかけて、分厚い肉がザックリと裂け、血が迸り出た。グワッ、という呻き声を上げ、稲左衛門がよたよたと前に泳いだ。

右京はすばやく稲左衛門の脇に踏み込み、

「とどめだ！」

と一声上げて、刀身を一閃させた。

稲左衛門の太い首から血が噴き出した。右京の一颯が、首筋をとらえたのである。

稲左衛門の足がとまると、大樽でも転がるように倒れた。畳に俯せに倒れた稲左衛門は、手足を痙攣《けいれん》させていたが、体は動かなかった。血が、その巨体をつつむように赤くひろがっていく。

「これで、けりがついた」

右京は横たわった稲左衛門に目をやりながらつぶやいた。

白皙に朱が刷き、切れ長の目に切っ先のようなひかりが宿っていたが、しだいにいつもの表情のない右京の面貌《おもて》にもどってきた。

4

庭のなかほどで、平兵衛と風間は対峙していた。逆八相と八相に構えたままである。ふたりは全身に気勢をこめ、斬撃の気配を見せて気で攻め合っていた。

動かず、気合も発せず、ただ対峙したままの気攻《きぜ》めである。

ふたりから鋭い剣気がはなたれ、ときとともに緊張が高まってきた。

潮合《しおあい》である。

平兵衛が先《せん》をとって仕掛けた。

イヤアッ！

裂帛の気合を発し、風間の正面にすばやく身を寄せた。虎の爪の俊敏な寄り身である。

一瞬、風間の顔に驚きの表情が浮いた。平兵衛の果敢《かかん》ですばやい寄り身に驚いたらしい。だが、すぐに表情を消した。

平兵衛が一足一刀の間境に迫るや否や、風間が動いた。

タアッ！

鋭い気合とともに、八相から真っ向へ。

迅い！

稲妻のような鋭い斬撃である。刀身のきらめきと同時に刃風がおこった。

だが、平兵衛はこの斬撃を読んでいた。

一瞬、逆袈裟から刀身を撥《は》ね上げた。

真っ向と逆袈裟に二筋の閃光がはしり、ふたりの眼前で合致し、火花を散らしてはじき合った。その瞬間、わずかに風間の腰がくずれた。平兵衛の虎の爪の強い斬撃に押されたのである。

次の瞬間、ふたりが二の太刀をはなった。

虎の爪の二の太刀が袈裟へ。

間髪をいれず、風間の二の太刀がふたたび真っ向へ。

ふたたび、二筋の閃光がはしった。

平兵衛は耳元でかすかな刃風を感じた。次の瞬間、左肩から胸にかけて着物が裂けた。痛みは感じなかった。斬られたのは着物だけらしい。

咄嗟に、平兵衛は大きく後ろに跳んで、風間との間合をとった。

一方、風間の肩から胸にかけて着物が裂け、あらわになった胸板から血が迸り出ていた。平兵衛の切っ先が斬り裂いたのである。

一寸の差だった。虎の爪の初太刀に風間の腰がわずかにくずれたため、風間の二の太刀の踏み込みが足りなかったのだ。

「迅い……」

風間の顔に驚愕《きようがく》の表情があった。

平兵衛はふたたび虎の爪の逆八相に構えた。まだ、風間を仕留めてなかった。殺し人の勝負は、相手を殺すまで決着はつかないのだ。平兵衛の双眸が、獲物を見つめる猛禽のようにひかっている。

風間も、高い八相に構えた。だが、刀身が揺れていた。平兵衛の斬撃を受けて、まともに構えられないらしい。

イヤアッ！

ふたたび、平兵衛は裂帛の気合を発して、すばやく身を寄せた。

一足一刀の間境に迫ると、今度は平兵衛が先に斬り込んだ。

咄嗟に、風間が八相から刀身を払って、平兵衛の斬撃をはじいた。

が、風間の腰がくずれて後ろによろめいた。風間の刀が大きく後ろにはじかれ、腰もくずれたのである。

すかさず、平兵衛が二の太刀をはなった。

袈裟へ。虎の爪の神速の斬撃である。

よろめきながら、風間は刀身を払って平兵衛の斬撃をはじこうとしたが、間にあわなかった。

平兵衛の刀身が風間の肩に食い込んだ。

風間は、二、三歩後ろによろめき、腰から沈むように倒れた。仰向けに倒れた風間は低い呻き声を洩らしたが、起き上がろうとはしなかった。

大きくひらいた傷口から血が流れ出て、截断された鎖骨が猛獣の爪のように白く見えていた。虎の爪の凄まじい一撃である。

平兵衛は風間の脇に立って、二度、三度と大きく息を吐いた。激しく動いたために乱れていた息がしだいに収まり、赭黒く染まった顔も、いつもの顔色にもどってきた。

平兵衛が倒れている風間の着物のたもとで刀身の血を拭《ぬぐ》い、鞘に納めているところに、右京が近寄ってきた。

「義父上、みごとです」

右京が静かな声で言った。

「稲左衛門はどうしたな」

平兵衛が訊いた。

「今度こそ、仕留めました」

右京が声を強めて言った。

「元締めたちも、始末がついたようだな」

家のなかから聞こえていた闘いの音はやんでいた。島蔵や朴念の声にまじって、床板や畳を踏む音が聞こえる。

それからいっときして、島蔵をはじめとする殺し人と手引き人たちが家の戸口に集まった。隠れ家に踏み込んだ男たちは、残らず顔をそろえている。

集まった男たちのなかに、手傷を負った者がいた。峰次郎が肩口を浅く斬られ、嘉吉が左の二の腕を匕首で斬り裂かれていた。ただ、ふたりとも浅手だった。すでに、島蔵が傷の手当をしていた。手当といっても、持っていた手ぬぐいで傷口を縛っただけである。

「逃げた者はいるか」

島蔵が男たちに目をやって訊いた。

「逃げた者はいねえが、飯炊きの女と下働きの男が、台所で震えていやす」

峰次郎が言った。

「放っておけ。そいつらには、何もできん」

島蔵が満足そうな顔をして、

「うまくいったな。稲左衛門と風間を仕留めたのだ」

と、言い添えた。

その後、朴念や嘉吉たちの話から、島造をはじめ隠れ家にいた稲左衛門の子分たちもうち取ったことが分かった。これで、稲左衛門一家は用心棒もろとも殲滅《せんめつ》できたのである。

勇次は稲左衛門の死体を確かめて来ると、

「みんなのお蔭で、おとっつァんの敵が討てた」

と言って、顔をくずした。胸のつかえがとれたのだろう。

「引き上げだ！」

島蔵が声を上げた。

すでに、辺りは深い夜陰につつまれていた。島蔵たちは、人気のない深川の裏路地を走って舟を繋いである桟橋にむかった。

5

「父上、右京さまは、家をあけなくなったんですよ」

まゆみが、平兵衛に茶を出しながら言った。顔に笑みが浮いている。まゆみは、娘のころと同じように右京さまと呼んでいた。子供がいないせいもあって、新婚気分が抜けないのだろう。

右京は何も言わず、口許に笑みを浮かべたまま、まゆみに目をむけている。

岩本町の長兵衛店だった。平兵衛は、近くに屋敷のある御家人に研いだ刀をとどけにきた帰りに立ち寄ったことにし、まゆみの家を訪ねたのだ。

「ちかごろ、剣術の出稽古に出ることがすくなくなったのだろう」

平兵衛がもっともらしい顔をして言った。

ここ何日か、右京は殺し人として動いていたために夜も家にもどらなかったのだ。右京は家をあけるとき、遠方の屋敷に剣術の出稽古に行くといって家を出ていた。そのことは、平兵衛も知っていて右京と口裏をあわせたのである。まゆみは、平兵衛と右京が殺し人であることは知らなかった。

平兵衛たちが稲左衛門の隠れ家に踏み込んで、五日経っていた。この間、右京はあまり外出せず、まゆみと家で過ごすことが多かったのだろう。

「ねえ、父上、今日は遅くなってもいいんでしょう」

まゆみが、平兵衛に顔をむけて訊いた。

「わしは独り暮らしだからな。いつ帰ってもかまわん」

「それなら、いっしょに夕餉を食べましょうよ」

まゆみが、目をかがやかせて言った。

平兵衛といっしょに暮らしていたころはまゆみが食事の支度をしていたのである。

「それがいい」

右京が言い添えた。

平兵衛が照れたような顔をして黙っていると、

「わたし、父上の好物の煮染を買ってくる」

まゆみがそう言って、すぐに腰を上げた。近くの煮染屋で、買ってくるつもりらしい。

七ツ半（午後五時）ごろだった。これから、煮染を作る時間はないのだろう。

まゆみが慌ただしく戸口から出ていき、その下駄の音が遠ざかると、

「義父上、その後、稲左衛門たちの始末はどうなりました」

と、右京が声をあらためて訊いた。

稲左衛門が隠れ家にしていた仕舞屋には、何人もの死体が残されていた。その後、どうなったか、右京は気にしていたのだろう。

「懸念することはないようだ。町方は、やくざ者たちの喧嘩とみたらしい」

平兵衛が島蔵から聞いた話を口にした。

隠れ家に残っていた飯炊きの女と下働きの男が、調べにきた町方に、ならず者たちが大勢押し込んできたと話したらしい。飯炊きの女と下働きの男は、朴念や島蔵たち

しか目にしていないので、そう思ったのだろう。

「それにな、町方としては同心の山名仙之助の行方が知れず、それどころではないのだろう」

「山名の件はどうなりますかね」

右京が訊いた。

「まァ、わしらが懸念することはあるまい。山名の身辺を探れば探るほど、これまでやってきた悪事が露見するはずだ。そのうち、町方は山名の探索をやめ、揉み消しにまわるだろうよ」

「そうですね」

右京は湯飲みに手を伸ばして茶をすすった。

そして、湯飲みを手にしたまま、

「極楽屋に閉じ込めておいた権八はどうなりました」

と、訊いた。

「権八は、深川から姿を消したようだ」

平兵衛が島蔵から聞いた話によると、島蔵が権八に、町方は山名と権八の悪事をつかんでいて権八の居所を探っていることを話した上で、権八を極楽屋から放り出したそうだ。

「権八にすれば、深川から姿を消すしかなかったのだろうな」

そう言うと、平兵衛は湯飲みを手にして茶をすすった。

「助次はどうしました」

右京が、もうひとり、極楽屋で監禁していた助次のことを訊いた。

「あの男は、まだ極楽屋にいるよ。……島蔵の子分になりたいと言って、極楽屋から出ていかないそうだ」

平兵衛が苦笑いを浮かべて言った。

「これで、始末がついたわけですね」

「まァ、そうだ」

「しばらく、家でのんびりしますかね」

「それがいい」

ふたりでそんなやり取りをしているところに、まゆみが帰ってきた。煮染の入った丼を手にしている。

「父上の好物の煮染がありましたよ」

丼のなかには、ひじきと油揚げの煮染がたっぷり入っていた。平兵衛のために余分に買ってきたらしい。

「根深汁も、作りますからね」

「それはありがたい」

右京が言った。根深汁は右京の好物だった。

「すぐに、支度をしますからね」

そう言って、まゆみがてきぱきと片襷をかけた。

まゆみは、土間の流し場の前に立つと、さっそく葱《ねぎ》を切り始めた。平兵衛が来る前から、夕餉に根深汁を作るつもりで、葱は用意してあったようだ。

平兵衛はまゆみの赤い片襷を見ながら、

……まゆみのためにも、右京を死なせるわけにはいかんな。

と、胸の内でつぶやいた。

平兵衛は、できることなら右京に殺し人から足を洗って欲しかったのだ。

まゆみは何も知らずに、手際よく火を焚《た》き付けていた。まゆみの前の竈《へっつい》から、一筋の白い煙が立ち上っている。

鳥羽亮著作リスト

1　『剣の道殺人事件』講談社：九〇年九月、四六判ハードカバー／九三年七月、講談社文庫／第36回江戸川乱歩賞受賞作
2　『一心館の殺人剣』講談社：九一年五月、四六判ハードカバー／九四年七月、講談社文庫
3　『首を売る死体』講談社：九一年十一月、講談社ノベルス／九四年十月、講談社文庫
4　『指が哭く』光文社：九二年三月、カッパ・ノベルス／〇九年八月、光文社文庫（改題『指哭　強行犯刑事部屋』）
5　『警視庁捜査一課南平班』講談社：九三年三月、講談社ノベルス／九六年五月、講談社文庫
6　『闇を撃つ刑事　そしてまた、誰もいなくなった』光文社：九三年四月、カッパ・ノベルス／〇九年十一月、光文社文庫（改題『赤の連鎖　強行犯刑事部屋』）
7　『鴎の死んだ日　アイワ探偵事務所事件簿』角川書店：九三年十二月、角川文庫
8　『三鬼の剣』講談社：九四年一月、四六判ハードカバー／九七年一月、講談社文庫
9　『広域指定127号事件　警視庁捜査一課南平班』講談社：九四年一月、講談社ノベルス／九七年八月、講談社文庫
10　『鷺の舞殺人事件　探偵事務所』角川書店：九五年一月、カドカワ・ノベルズ
11　『隠猿の剣』講談社：九五年二月、四六判ハードカバー／九八年十月、講談社文庫

12『刑事魂 警視庁捜査一課南平班』講談社：九五年三月、講談社ノベルス／九八年六月、講談社文庫
13『深川群狼伝』『鱗光の剣 深川群狼伝』講談社：九六年一月、四六判ハードカバー／九九年五月、講談社文庫
14『殺人は小説より奇なり 探偵事務所』角川書店：九六年二月、カドカワ・ノベルズ
15『切り裂き魔 警視庁捜査一課南平班』講談社：九六年六月、講談社ノベルス／九九年七月、講談社文庫
16『巨大密室 探偵事務所』角川書店：九六年十一月、角川文庫
17『必殺剣二胴』PHP研究所：九六年十一月、四六判ハードカバー／祥伝社：〇一年二月、祥伝社文庫
18『蛮骨の剣』講談社：九七年五月、四六判ハードカバー／〇〇年五月、講談社文庫
19『幕末浪漫剣』講談社：九八年六月、四六判ハードカバー／〇一年九月、講談社文庫
20『鬼哭の剣 介錯人・野晒唐十郎』祥伝社：九八年七月、祥伝社文庫
21『刺客 柳生十兵衛』廣済堂出版：九八年十一月、四六判ハードカバー／〇〇年九月、廣済堂文庫／角川春樹事務所：〇四年一月、ハルキ文庫
22『妖し陽炎の剣 介錯人・野晒唐十郎』祥伝社：九九年二月、祥伝社文庫
23『柳生連也斎 決闘・十兵衛』廣済堂出版：九九年七月、廣済堂文庫／学習研究社：〇一年十月、学研M文庫／徳間書店：〇五年三月、徳間文庫

24『妖鬼 飛蝶の剣　介錯人・野晒唐十郎』祥伝社：九九年十月、祥伝社文庫
25『首売り　天保剣鬼伝』幻冬舎：九九年十一月、幻冬舎文庫
26『柳生連也斎　死闘・宗冬』廣済堂出版：〇〇年三月、廣済堂文庫／学習研究社：〇一年十二月、学研M文庫／徳間書店：〇五年五月、徳間文庫
27『双蛇の剣　介錯人・野晒唐十郎』祥伝社：〇〇年七月、祥伝社文庫
28『妖鬼の剣　直心影流・毬谷直二郎』講談社：〇〇年九月、講談社文庫
29『骨喰み　天保剣鬼伝』幻冬舎：〇〇年十二月、幻冬舎文庫
30『秘剣　鬼の骨』講談社：〇一年四月、講談社文庫
31『血疾り　天保剣鬼伝』幻冬舎：〇一年六月、幻冬舎文庫
32『剣客同心　鬼隼人』角川春樹事務所：〇一年六月、ハルキ文庫
33『覇剣　武蔵と柳生兵庫助』祥伝社：〇一年六月、四六判ハードカバー／〇三年一月、祥伝社文庫
34『雷神の剣　介錯人・野晒唐十郎』祥伝社：〇一年九月、祥伝社文庫
35『柳生十兵衛武芸録　一　加藤清正の亡霊』幻冬舎：〇一年十月、幻冬舎文庫
36『浮舟の剣』講談社：〇一年十一月、講談社文庫
37『七人の刺客　剣客同心鬼隼人』角川春樹事務所：〇二年一月、ハルキ文庫
38『悲恋斬り　介錯人・野晒唐十郎』祥伝社：〇二年三月、祥伝社文庫
39『青江鬼丸　夢想剣』講談社：〇二年四月、講談社文庫

40 『柳生十兵衛武芸録　二　風魔一族の逆襲』幻冬舎：〇二年四月、幻冬舎文庫
41 『死神の剣　剣客同心鬼隼人』角川春樹事務所：〇二年六月、ハルキ文庫
42 『柳生連也斎　激闘・列堂』学習研究社：〇二年七月、学研M文庫／徳間書店：〇五年七月、徳間文庫
43 『飛龍の剣　介錯人・野晒唐十郎』祥伝社：〇二年九月、祥伝社文庫
44 『まろほし銀次捕物帳』徳間書店：〇二年九月、徳間文庫
45 『さむらい　遺訓の剣』『さむらい　青雲の剣』祥伝社：〇二年十一月、四六判ハードカバー／〇四年九月、祥伝社文庫
46 『剣客春秋　里美の恋』幻冬舎：〇二年十二月、四六判ソフトカバー／〇四年四月、幻冬舎文庫
47 『双つ龍　青江鬼丸夢想剣』講談社：〇二年十二月、講談社文庫
48 『闇鴉　剣客同心鬼隼人』角川春樹事務所：〇三年一月、ハルキ文庫
49 『まろほし銀次捕物帳　丑の刻参り』徳間書店：〇三年三月、徳間文庫
50 『妖剣　おぼろ返し　介錯人・野晒唐十郎』祥伝社：〇三年四月、祥伝社文庫
51 『剣客春秋　女剣士ふたり』幻冬舎：〇三年五月、四六判ソフトカバー／〇四年六月、幻冬舎文庫
52 『闇地蔵　剣客同心鬼隼人』角川春樹事務所：〇三年六月、ハルキ文庫
53 『上意討ち始末　子連れ侍平十郎』双葉社：〇三年六月、四六判ハードカバー／〇五年二

月、双葉文庫
54 『吉宗謀殺　青江鬼丸夢想剣』講談社：〇三年九月、講談社文庫
55 『鬼哭　霞飛燕　介錯人・野晒唐十郎』祥伝社：〇三年九月、祥伝社文庫
56 『まろほし銀次捕物帳　閻魔堂の女』徳間書店：〇三年十一月、徳間文庫
57 『はぐれ長屋の用心棒　華町源九郎江戸暦』双葉社：〇三年十二月、双葉文庫
58 『剣客春秋　かどわかし』幻冬舎：〇四年二月、四六判ソフトカバー／〇六年二月、幻冬舎文庫
59 『闇の用心棒』祥伝社：〇四年二月、祥伝社文庫
60 『怨刀鬼切丸　介錯人・野晒唐十郎』祥伝社：〇四年四月、祥伝社文庫
61 『はぐれ長屋の用心棒　袖返し』双葉社：〇四年六月、双葉文庫
62 『影目付仕置帳　われら亡者に候』幻冬舎：〇四年八月、幻冬舎文庫
63 『江戸の風花　子連れ侍平十郎』双葉社：〇四年九月、四六判ハードカバー／〇六年十一月、双葉文庫
64 『風来の剣』講談社：〇四年十月、講談社文庫
65 『さむらい　死恋の剣』祥伝社：〇四年十月、四六判ハードカバー／〇六年十月、祥伝社文庫
66 『剣客春秋　濡れぎぬ』幻冬舎：〇四年十二月、四六判ソフトカバー／〇七年十二月、幻冬舎文庫

67 『まろほし銀次捕物帳　死狐の怨霊』徳間書店：〇四年十二月、徳間文庫
68 『赤猫狩り　剣客同心鬼隼人』角川春樹事務所：〇五年一月、ハルキ文庫
69 『はぐれ長屋の用心棒　紋太夫の恋』双葉社：〇五年一月、双葉文庫
70 『鬼を斬る　山田浅右衛門涅槃斬り』徳間書店：〇五年二月、四六判ハードカバー／〇七年三月、徳間文庫
71 『闇の用心棒　地獄宿』祥伝社：〇五年四月、祥伝社文庫
72 『秘剣風哭　剣狼秋山要助』双葉社：〇五年四月、双葉文庫
73 『影目付仕置帳　恋慕に狂いしか』幻冬舎：〇五年六月、幻冬舎文庫
74 『はぐれ長屋の用心棒　子盗ろ』双葉社：〇五年七月、双葉文庫
75 『十三人の戦鬼』双葉社：〇五年七月、四六判ハードカバー／〇八年一月、双葉文庫
76 『影笛の剣』講談社：〇五年八月、講談社文庫
77 『まろほし銀次捕物帳　滝夜叉おこん』徳間書店：〇五年九月、徳間文庫
78 『悲の剣　介錯人・野晒唐十郎』祥伝社：〇五年九月、祥伝社文庫
79 『剣客春秋　恋敵』幻冬舎：〇五年十一月、四六判ソフトカバー／〇八年六月、幻冬舎文庫
80 『はぐれ長屋の用心棒　深川袖しぐれ』双葉社：〇五年十二月、双葉文庫
81 『非情十人斬り　剣客同心鬼隼人』角川春樹事務所：〇五年十二月、ハルキ文庫
82 『闇の用心棒　剣鬼無情』祥伝社：〇六年二月、祥伝社文庫

83　『波之助推理日記』講談社：〇六年二月、講談社文庫
84　『極楽安兵衛剣酔記』徳間書店：〇六年三月、徳間文庫
85　『はぐれ長屋の用心棒　迷い鶴』双葉社：〇六年四月、双葉文庫
86　『まろほし銀次捕物帳　夜鷹殺し』徳間書店：〇六年五月、徳間文庫
87　『弦月の風　八丁堀剣客同心』角川春樹事務所：〇六年六月、ハルキ文庫
88　『影目付仕置帳　武士に候』幻冬舎：〇六年六月、幻冬舎文庫
89　『死化粧　介錯人・野晒唐十郎』祥伝社：〇六年七月、祥伝社文庫
90　『怪談岩淵屋敷　天保妖盗伝』双葉社：〇六年七月、四六判ハードカバー／〇八年十月、双葉文庫
91　『はぐれ長屋の用心棒　黒衣の刺客』双葉社：〇六年八月、双葉文庫
92　『極楽安兵衛剣酔記　とんぼ剣法』徳間書店：〇六年九月、徳間文庫
93　『剣客同心』角川春樹事務所：〇六年十月、四六判ソフトカバー／〇八年六月、ハルキ文庫（上・下巻）
94　『奇謀　真田幸村の遺言』祥伝社：〇六年十一月、四六判ハードカバー／一一年九月、祥伝社文庫（改題『真田幸村の遺言（上）　奇謀』）
95　『剣客春秋　里美の涙』幻冬舎：〇六年十一月、四六判ソフトカバー／〇九年二月、幻冬舎文庫
96　『はぐれ長屋の用心棒　湯宿の賊』双葉社：〇六年十二月、双葉文庫

97 『用心棒　椿三十郎』角川春樹事務所：〇六年十二月、ハルキ文庫／映画ノベライズ
98 『闇の用心棒　剣狼』祥伝社：〇七年二月、祥伝社文庫
99 『からくり小僧　波之助推理日記』講談社：〇七年三月、講談社文庫
100 『まろほし銀次捕物帳　豆太鼓』徳間書店：〇七年四月、徳間文庫
101 『はぐれ長屋の用心棒　父子凧』双葉社：〇七年四月、双葉文庫
102 『必殺剣虎伏　介錯人・野晒唐十郎』祥伝社：〇七年四月、祥伝社文庫
103 『影目付仕置帳　われ刹鬼なり』幻冬舎：〇七年六月、幻冬舎文庫
104 『逢魔時の賊　八丁堀剣客同心』角川春樹事務所：〇七年六月、ハルキ文庫
105 『剣豪たちの関ヶ原』徳間書店：〇七年六月、四六判ハードカバー／一一年三月、徳間文庫
106 『山田浅右衛門斬日譚　絆』幻冬舎：〇七年七月、四六判ハードカバー／〇九年六月、幻冬舎文庫
107 『はぐれ長屋の用心棒　孫六の宝』双葉社：〇七年九月、双葉文庫
108 『浮雲十四郎斬日記　金尽剣法』双葉社：〇七年九月、四六判ハードカバー／〇九年九月、双葉文庫
109 『血戦　用心棒椿三十郎』角川春樹事務所：〇七年十月、ハルキ文庫
110 『闇の用心棒　巨魁』祥伝社：〇七年十月、祥伝社文庫
111 『剣客春秋　初孫お花』幻冬舎：〇七年十月、四六判ソフトカバー／〇九年十月、幻冬舎

文庫
112 『極楽安兵衛剣酔記　蝶々の玄次』徳間書店：〇七年十二月、徳間文庫
113 『はぐれ長屋の用心棒 雛の仇討ち』双葉社：〇七年十二月、双葉文庫
114 『覇の刺客　真田幸村の遺言』祥伝社：〇七年十二月、四六判ハードカバー／一一年九月、祥伝社文庫（改題『真田幸村の遺言（下）覇の刺客』）
115 『影目付仕置帳　剣鬼流浪』幻冬舎：〇八年二月、幻冬舎文庫
116 『天狗の塒　波之助推理日記』講談社：〇八年二月、講談社文庫
117 『かくれ蓑　八丁堀剣客同心』角川春樹事務所：〇八年三月、ハルキ文庫
118 『まろほし銀次捕物帳　与三郎の恋』徳間書店：〇八年四月、徳間文庫
119 『眠り首　介錯人・野晒唐十郎』祥伝社：〇八年四月、祥伝社文庫
120 『はぐれ長屋の用心棒　瓜ふたつ』双葉社：〇八年五月、双葉文庫
121 『流想十郎蝴蝶剣』角川書店：〇八年五月、角川文庫
122 『浮雲十四郎斬日記　酔いどれ剣客』双葉社：〇八年六月、四六判ハードカバー／一〇年二月、双葉文庫
123 『剣客春秋　青蛙の剣』幻冬舎：〇八年七月、四六判ソフトカバー／一〇年六月、幻冬舎時代小説文庫
124 『まろほし銀次捕物帳　火怨』徳間書店：〇八年八月、徳間文庫
125 『はぐれ長屋の用心棒　長屋あやうし』双葉社：〇八年八月、双葉文庫

126 『影目付仕置帳　鬼哭啾啾』幻冬舎：〇八年十月、幻冬舎文庫
127 『闇の用心棒　鬼、群れる』祥伝社：〇八年十月、祥伝社文庫
128 『黒鞘の刺客　八丁堀剣客同心』角川春樹事務所：〇八年十一月、ハルキ文庫
129 『はぐれ長屋の用心棒　おとら婆』双葉社：〇八年十二月、双葉文庫
130 『剣花舞う　流想十郎蝴蝶剣』角川書店：〇八年十二月、角川文庫
131 『沖田総司　壬生狼』徳間書店：〇九年二月、四六判ハードカバー／一〇年九月、徳間文庫
132 『剣客春秋　彦四郎奮戦』幻冬舎：〇九年三月、四六判ソフトカバー／一一年六月、幻冬舎時代小説文庫
133 『双鬼　介錯人・野晒唐十郎』祥伝社：〇九年四月、祥伝社文庫
134 『はぐれ長屋の用心棒　おっかあ』双葉社：〇九年四月、双葉文庫
135 『まろほし銀次捕物帳　老剣客』徳間書店：〇九年五月、徳間文庫
136 『わけあり円十郎江戸暦』PHP研究所：〇九年五月、PHP文庫
137 『赤い風車　八丁堀剣客同心』角川春樹事務所：〇九年六月、ハルキ文庫
138 『ももんじや　御助宿控帳』朝日新聞出版：〇九年七月、朝日文庫
139 『舞首　流想十郎蝴蝶剣』角川書店：〇九年七月、角川文庫
140 『はぐれ長屋の用心棒　八万石の風来坊』双葉社：〇九年八月、双葉文庫
141 『おれも武士　子連れ侍平十郎』双葉社：〇九年八月、四六判ハードカバー／一一年九月、

双葉文庫

142『闇の用心棒　狼の掟』祥伝社：〇九年九月、祥伝社文庫
143『まろほし銀次捕物帳　愛弟子』徳間書店：〇九年十月、徳間文庫
144『ごろんぼう　御助宿控帳』朝日新聞出版：〇九年十月、朝日文庫
145『遠山桜　影与力嵐八九郎』講談社：〇九年十月、講談社文庫
146『刀十郎と小雪　首売り長屋日月譚』幻冬舎：〇九年十一月、幻冬舎文庫
147『五弁の悪花　八丁堀剣客同心』角川春樹事務所：〇九年十一月、ハルキ文庫
148『はぐれ長屋の用心棒　風来坊の花嫁』双葉社：〇九年十二月、双葉文庫
149『恋蛍　流想十郎蝴蝶剣』角川書店：〇九年十二月、角川文庫
150『飲ん兵衛千鳥　極楽安兵衛剣酔記』徳間書店：一〇年一月、徳間文庫
151『死笛　隠目付江戸日記』光文社：一〇年三月、光文社文庫
152『幕末浪漫剣』徳間書店：一〇年三月、徳間文庫
153『剣客春秋 遠国からの友』幻冬舎：一〇年三月、四六判ソフトカバー／一二年六月、幻冬舎時代小説文庫
154『はぐれ長屋の用心棒　はやり風邪』双葉社：一〇年四月、双葉文庫
155『闇の用心棒　地獄の沙汰』祥伝社：一〇年四月、祥伝社文庫
156『浮世の果て　影与力嵐八九郎』講談社：一〇年五月、講談社文庫
157『愛姫受難　流想十郎蝴蝶剣』角川書店：一〇年五月、角川文庫

158『遠い春雷　八丁堀剣客同心』角川春樹事務所：一〇年六月、ハルキ文庫
159『まろほし銀次捕物帳　凶盗』徳間書店：一〇年七月、徳間文庫
160『闇の用心棒　血闘ヶ辻』祥伝社：一〇年七月、祥伝社文庫
161『はぐれ長屋の用心棒　秘剣霞颪』双葉社：一〇年八月、双葉文庫
162『うらみ橋　八丁堀剣客同心』角川春樹事務所：一〇年九月、ハルキ文庫
163『浮雲十四郎斬日記　仇討ち街道』双葉社：一〇年九月、四六判ハードカバー
164『残照の辻　剣客旗本奮闘記』実業之日本社：一〇年十月、実業之日本社文庫
165『おいぼれ剣鬼　御助宿控帳』朝日新聞出版：一〇年十月、朝日文庫
166『文月騒乱　首売り長屋日月譚』幻冬舎：一〇年十月、幻冬舎時代小説文庫
167『まろほし銀次捕物帳　怒り一閃』徳間書店：一〇年十一月、徳間文庫
168『七人の兇賊　わけあり円十郎江戸暦』ＰＨＰ研究所：一〇年十一月、ＰＨＰ文芸文庫
169『はぐれ長屋の用心棒　きまぐれ藤四郎』双葉社：一〇年十二月、双葉文庫
170『双鬼の剣　流想十郎蝴蝶剣』角川書店：一〇年十二月、角川文庫
171『秘剣水車　隠目付江戸日記』光文社：一一年一月、光文社文庫
172『鬼剣　影与力嵐八九郎』講談社：一一年一月、講談社文庫
173『京洛斬鬼　介錯人・野晒唐十郎　番外編』祥伝社：一一年二月、祥伝社文庫
174『はぐれ長屋の用心棒　おしかけた姫君』双葉社：一一年四月、双葉文庫
175『闇の用心棒　酔剣』祥伝社：一一年四月、祥伝社文庫

176『秘剣風疾り　極楽安兵衛剣酔記』徳間書店：一一年五月、徳間文庫
177『剣客春秋　縁の剣』幻冬舎：一一年五月、四六判ソフトカバー
178『蝶と稲妻　流想十郎蝴蝶剣』角川書店：一一年五月、角川文庫
179『夕映えの剣　八丁堀剣客同心』角川春樹事務所：一一年六月、ハルキ文庫
180『妖剣鳥尾　隠目付江戸日記』光文社：一一年七月、光文社文庫
181『はぐれ長屋の用心棒　疾風の河岸』双葉社：一一年七月、双葉文庫
182『茜色の橋　剣客旗本奮闘記』実業之日本社：一一年八月、実業之日本社文庫
183『奇剣稲妻落し　わけあり円十郎江戸暦』ＰＨＰ研究所：一一年九月、ＰＨＰ文芸文庫
184『雲の盗十郎　御助宿控帳』朝日新聞出版：一一年十月、朝日文庫
185『闇の用心棒　右京烈剣』祥伝社：一一年十月、祥伝社文庫
186『用心棒血戦記』徳間書店：一一年十月、四六判ハードカバー
187『幻剣霞一寸　極楽安兵衛剣酔記』徳間書店：一一年十一月、徳間文庫
188『闇の閃光　八丁堀剣客同心』角川春樹事務所：一一年十一月、ハルキ文庫
189『さむらい　修羅の剣』祥伝社：一一年十二月、四六判ハードカバー
190『この命一両二分に候　首売り長屋日月譚』幻冬舎：一一年十二月、幻冬舎時代小説文庫
191『はぐれ長屋の用心棒　剣術長屋』双葉社：一一年十二月、双葉文庫
192『雲竜　火盗改鬼与力』角川書店：一二年一月、角川文庫
193『鬼剣蜻蜓　隠目付江戸日記』光文社：一二年二月、光文社文庫

194 『浮雲十四郎斬日記　不知火の剣』双葉社：一二年二月、四六判ハードカバー
195 『闇の梟　火盗改鬼与力』角川書店：一二年二月、角川文庫
196 『鬼彦組　八丁堀吟味帳』文藝春秋：一二年三月、文春文庫
197 『入相の鐘　火盗改鬼与力』角川書店：一二年三月、角川文庫
198 『はぐれ長屋の用心棒　怒り一閃』双葉社：一二年四月、双葉文庫
199 『闇の用心棒　悪鬼襲来』祥伝社：一二年四月、祥伝社文庫
200 『謀殺　八丁堀吟味帳「鬼彦組」』文藝春秋：一二年五月、文春文庫
201 『蒼天の坂　剣客旗本奮闘記』実業之日本社：一二年五月、実業之日本社文庫
202 『夜駆け　八丁堀剣客同心』角川春樹事務所：一二年六月、ハルキ文庫
203 『必殺剣滝落し　極楽安兵衛剣酔記』徳間書店：一二年七月、徳間文庫
204 『闇の首魁　八丁堀吟味帳「鬼彦組」』文藝春秋：一二年七月、文春文庫
205 『はぐれ長屋の用心棒　すっとび平太』双葉社：一二年八月、双葉文庫
206 『死顔　隠目付江戸日記』光文社：一二年九月、光文社文庫
207 『遠雷の夕　剣客旗本奮闘記』実業之日本社：一二年十月、実業之日本社文庫
208 『闇の用心棒　風雷』祥伝社：一二年十月、祥伝社文庫
209 『恋しのぶ　剣客春秋親子草』幻冬舎：一二年十月、四六判ソフトカバー

切・り・取・り・線

一〇〇字書評

風雷

購買動機（新聞、雑誌名を記入するか、あるいは○をつけてください）	
□（　　　　　　　　　　　　）	の広告を見て
□（　　　　　　　　　　　　）	の書評を見て
□ 知人のすすめで	□ タイトルに惹かれて
□ カバーが良かったから	□ 内容が面白そうだから
□ 好きな作家だから	□ 好きな分野の本だから

・最近、最も感銘を受けた作品名をお書き下さい

・あなたのお好きな作家名をお書き下さい

・その他、ご要望がありましたらお書き下さい

住所	〒				
氏名		職業		年齢	
Eメール	※携帯には配信できません	新刊情報等のメール配信を 希望する・しない			

この本の感想を、編集部までお寄せいただけたらありがたく存じます。今後の企画の参考にさせていただきます。Eメールでも結構です。

いただいた「一〇〇字書評」は、新聞・雑誌等に紹介させていただくことがあります。その場合はお礼として特製図書カードを差し上げます。

前ページの原稿用紙に書評をお書きの上、切り取り、左記までお送り下さい。宛先の住所は不要です。

なお、ご記入いただいたお名前、ご住所等は、書評紹介の事前了解、謝礼のお届けのためだけに利用し、そのほかの目的のために利用することはありません。

〒一〇一‐八七〇一
祥伝社文庫編集長　坂口芳和
電話　〇三（三二六五）二〇八〇

祥伝社ホームページの「ブックレビュー」からも、書き込めます。
http://www.shodensha.co.jp/bookreview/

祥伝社文庫

風雷《ふうらい》　闇《やみ》の用心棒《ようじんぼう》

平成24年10月20日　初版第1刷発行

著　者　鳥羽《とば》 亮《りよう》

発行者　竹内和芳

発行所　祥伝社《しようでんしや》
東京都千代田区神田神保町3-3
〒101-8701
電話　03（3265）2081（販売部）
電話　03（3265）2080（編集部）
電話　03（3265）3622（業務部）
http://www.shodensha.co.jp/

印刷所　萩原印刷
製本所　関川製本
カバーフォーマットデザイン　中原達治

Printed in Japan ©2012, Ryō Toba　ISBN978-4-396-33796-4 C0193

祥伝社文庫の好評既刊

鳥羽 亮
闇の用心棒
齢のため一度は闇の稼業から足を洗った安田平兵衛。武者震いを酒で抑え、再び修羅へと向かった！

鳥羽 亮
地獄宿 闇の用心棒②
〝地獄宿〟と恐れられるめし屋。主は闇の殺しの差配人。ところが、地獄宿の男達が次々と殺される。狙いは⁉

鳥羽 亮
剣鬼無情 闇の用心棒③
骨までざっくりと断つ凄腕の刺客の殺しを依頼された安田平兵衛。恐るべき剣術家と宿世《すくせ》の剣を交える！

鳥羽 亮
剣狼《けんろう》 闇の用心棒④
闇の殺し人片桐右京を襲った秘剣霞落とし。破る術を見いだせず右京は窮地へ。見守る平兵衛にも危機迫る。

鳥羽 亮
巨魁《きよかい》 闇の用心棒⑤
岡っ引き、同心の襲来、謎の尾行、殺し人「地獄宿」の面々が斃されていく。殺るか殺られるか、究極の剣豪小説。

鳥羽 亮
鬼、群れる 闇の用心棒⑥
重江藩の御家騒動に巻き込まれ、攫われた娘を救うため、安田平兵衛、片桐右京、老若の〝殺し人〟が鬼となる！

祥伝社文庫の好評既刊

鳥羽亮
狼の掟　闇の用心棒⑦
一人娘まゆみの様子がおかしい。娘を想う父としての平兵衛、そして凄まじき殺し屋としての生き様。

鳥羽亮
地獄の沙汰　闇の用心棒⑧
「地獄屋」の若い衆が斬殺された。元締めは平兵衛、右京、手甲鈎の朴念など全員を緊急招集するが…。

鳥羽亮
血闘ヶ辻　闇の用心棒⑨
五年前に斬ったはずの男が生きていた!? 決着をつけねばならぬ「殺し人」籠手斬り陣内を前に、老刺客平兵衛が立つ!

鳥羽亮
酔剣　闇の用心棒⑩
倅を殺され面子を潰された侠客一家が、用心棒・酔いどれ市兵衛を筆頭に「地獄屋」に襲撃をかける!

鳥羽亮
右京烈剣　闇の用心棒⑪
秘剣〝虎の爪〟は敗れるのか!? 最強の夜盗が跋扈するなか、殺し人にして義理の親子・平兵衛と右京の命運は?

鳥羽亮
悪鬼襲来　闇の用心棒⑫
非情なる辻斬りの秘剣〝死突き〟。父の仇を討つために決死の少年。安田平兵衛は相撃ち覚悟で敵を迎えた!